느리게
오는
편지

·
·
·
·
·
·
·
·
·

이 도서의 국립중앙도서관 출판시도서목록(CIP)은 e-CIP홈페이지(http://www.nl.go.kr/ecip)와
국가자료공동목록시스템(http://www.nl.go.kr/kolisnet)에서 이용하실 수 있습니다.
(CIP제어번호: CIP2015026174)

느리게
오는
편지

최돈선 지음

마음의숲

2 사랑이 나를 만질 때

3 슬픔이 나를 찾거든

4 아름다움이 나를 적시거든

느리게 오는 편지는 저무는 날입니다. 금빛의 오랜 강이 서역으로 흐르는 날입니다. 나무 한 그루 강기슭으로 나와 뿌리로 목을 축이는 날입니다. 조용히 노을 진 산등성이 멀리 바라보는 날입니다. 새들이 숲 위를 낮게 날아 서둘러 둥지로 돌아오는 날입니다. 그림자 지워지면 별들이 천년의 잠을 깨고 사금처럼 반짝이는 날입니다. 느리게 온 편지를 받아들고 씨앗 여무는 풀밭에 앉아 풀벌레 소리 듣는 날입니다.

2015년 10월 춘천에서
최돈선

1 그리움이
  나를 부르면

그대에게 매일 편지를 쓴다

저는 오늘도 부쳐지지 않는 편지를 씁니다. 우표도 없고, 빨간 우체통도 없고, 편지를 부치기 위해 아득히 뻗은 미루나무 길을 걷지도 않지만, 저는 매일 편지를 씁니다. 누군가에게 제 이야기를 들려주고 싶은 마음에 밤하늘에 별이 총총 박히듯 편지를 씁니다. 사랑하므로, 그리워하므로, 때로는 외로워하면서 편지를 씁니다.

생미레 요양원에서 고흐가 동생 테오에게 보낸 편지엔 사이프러스나무에 대한 이야기가 나옵니다. 그는 해바라기 그림과 사이프러스나무를 자주 그렸습니다. 그는 한 가지 대상에 대해 온 영혼과 온 열정을 다 쏟아부었습니다. 그래서 그의 작업은 치열했고 붓과 물감이 캔버스에 거칠게 꿈틀거렸습니다. 그

13

래서 캔버스는 늘 이글거리고 작열할 수밖에 없었습니다.

그는 오직 자신만의 영혼으로 그려낸 그림을 그리기 위해 살아있는 거라고 말했습니다. 고흐는 낮 동안 태양이 내리쬐는 아를의 남쪽 운하를 따라 걸었습니다. 그리고 주변의 다리와 풍경을 그리다 숙소로 돌아와선 동생 테오에게 편지를 쓰곤 했습니다. 아마 고흐로선 편지를 쓸 때가 가장 행복하지 않았을까요? 동생 테오는 또 다른 비밀의 고흐였고, 고흐 자신의 '아름다운 영혼'이었으니까요.

저도 그렇습니다. 어쩌면 제겐 사랑해야 할 사람이 있기에 편지를 쓰나봅니다. 그 사람이 바로 제 자신이기도 하고 또 다른 영혼이기도 하니까 말입니다.

저녁엔 늘 그리운 사람이 기다리고 있습니다. 저는 마음속으로 그 길을 혼자 걷고 있습니다. 불현듯 느리게 오는 편지가 기다려지는 날입니다.

구두 한 켤레로 남은 어머니

"이 세상에서 가장 아름다운 물건이 있다면 그게 무엇이라고 생각하십니까" 하고 누가 묻는다면, 나는 서슴없이 대답하리라.

"신입니다."

"물론 그렇겠지요. 신神은 아름다운 궁극의 존재이지요. 하지만 물건은 아니지 않습니까?"라고 '내게 질문했던 이'는 다시 물을 것이다.

"그게 아니고요, 발에 신는 신 말입니다."

아, 그는 알았다는 투로 머리를 끄덕이겠지만, 웬 황당한 대답이냐는 시늉으로 나를 바라볼 것이다. 신발이 아름답다니, 지금 썰렁한 개그하십니까, 하는 표정을 그는 지을지도 모른다. 그러면 나는 그에게 이렇게 말할 것이다.

"신은 인간의 최종도착점인 죽음의 길까지 같이 걸어가는 존재입니다. 진흙길이든 자갈길이든 오솔길이든 그 어디든, 몸이 가고자 하는 곳이면 그 어디든 신은 갑니다. 마치 침묵의 성자처럼, 자신을 더럽힐지라도 불평 한마디 없이, 오로지 가고자 하는 지향점을 향하여 말없이 가는 순례자가 바로 신입니다. 거기엔 신만이 할 수 있는 자기희생의 아름다움이 깃들어 있습니다."

나는 오래전에 교통사고를 당한 적이 있다. 삼척에서 황지로 넘어가는 험한 태백준령의 고갯길에서였다. 저녁 해가 질 무렵이어서 눈 덮인 산하는 장엄했다. 그때 미끄러운 고갯길을 서투르게 운전하던 친구가 그만 핸들을 놓쳐버렸다. 차는 언덕 아래로 떨어졌다. 코란도 승용차는 덜컹거리며 굴렀다. 한 번두 번… 몇 번인지 셀 수도 없었다. 다행이도 구르는 속도가 빠르지 않다는 걸 느낄 수 있었던 것은 정신을 차린 덕분이었다. 눈이 쌓인 언덕은 스펀지 역할을 해주었다. 나는 안전벨트를 한 채 손은 차창 위 손잡이를 꼭 잡고 있었다. 나는 구를 때마다 "서! 서! 서!"를 외쳤다. 기도 같은 내 명령이 통했는지 정말 차가 멈췄다.

나는 지금도 우리 차를 멈추게 한 그 바위가 연꽃이라는 믿음에 변함이 없다. 한겨울 비탈진 눈밭에 피어난 연꽃. 그랬다.

부러진 나무 한 그루 아래쪽으로 봉긋이 솟아난 바위, 그것이 우리의 차를 멈추게 한 것이다. 바퀴가 뒤집히지도 않고서 똑바로 선 채 말이다. 비탈 중턱에 솟아난 바위에서 내려다보니, 바위 아래쪽은 깊은 어둠이었다.

나는 허리를 다친 친구와 어떻게 그 눈 덮인 산비탈을 올라갔는지 정말 꿈만 같다. 무릎까지 차오르는 눈 속에서 왼쪽 구두가 벗겨져 있음을 알았다. 양말이 젖어서 발이 얼 정도로 몹시 시렸다. 머리 위쪽 도로에는 이따금씩 자동차 전조등이 지나가곤 했다. 너무나도 까마득한 높이였다. 휴대전화도 없던 때여서 연락도 할 수 없었다. 가까스로 도로 위까지 기어오른 우리는 마침 지나가는 택시를 잡아타고 황지로 갔다. 경찰서에다 사고신고를 하고 친구를 병원에 입원시켰다. 친구는 허리를 다쳤는데 그다지 심한 것 같지는 않았다. 나는 말짱했다. 단지 유리파편 한 조각이 왼쪽 손등에 박혀있을 뿐이었다. 나는 그것을 뽑으면서 잃어버린 구두를 생각했다.

뭔가 허전했다. 신발가게에 가서 운동화를 사 신은 나는, 살았다는 안도감보다는 캄캄한 눈밭에 버려져 있을 구두를 떠올리고 있었다. 마치 내 몸의 일부가 떨어져 나간 듯싶었다.

이튿날, 황지고에서 음악선생을 하는 제자 시인에게 전화를 걸었다. 마침 방학이라서 그는 집에 있었다. 병원에 있으니 들러달라고 했다. 그가 황급히 달려왔다. 전후사정을 말한 다음,

신발을 찾아야겠는데 자네가 같이 가주었으면 한다고 말했다. 그는 잠시 우두커니 서서 나를 쳐다보았다. 그리고 고개를 끄덕이며 웃었다.

우리는 사고현장으로 갔다. 눈부신 아침의 빛이 어제의 사고현장을 낱낱이 보여주었다. 눈밭에 차가 뒹군 흔적들, 여기저기 널려있는 자동차 백미러, 유리조각, 친구의 염주, 부러진 나무, 책 등등. 하지만 자동차는 이미 견인을 해가고 없었다. 내가 찾는 것 또한 없었다. 구두 한 짝이 아무 데도 없었다.

그럼 자동차 안에 있는 걸까, 하고 생각하던 찰나 우연히 차를 받쳐주었던 바위틈에서 구두 한 짝이 끼워져 있는 것을 발견했다. 두 개의 바위가 연꽃잎처럼 나란히 펼쳐진 그 사이로 까만 구두가 박혀있다니. 마치 내 손등에 박힌 유리조각처럼 그것은 너무나도 선명하게 내 눈을 찔렀다. 그가 물었다.

"왜 그 구두를 찾아야만 했어요?"

"그건 나와 같은 분신이니까, 거기 그냥 두면 내 몸이 평생 동안 추워질 것 같으니까."

나는 그렇게 얼버무리고 말았다. 농담 삼아 웃으면서 말하기는 했지만, 내가 왜 그런 말을 했는지는 아무에게도 말하고 싶지 않았다. 하찮은 신발 하나 때문에 제자 시인을 불러내어 사고현장까지 데려간 것도 못할 짓이었고, 신발 하나에 그토록 집착한다는 것도 덜 떨어진 짓거리 같기도 하여서, 무슨 변명 같은 사연을 들려준다는 것이 어쩐지 쑥스러웠다.

사실 그 구두는 내가 교사로 첫 부임할 때 어머니가 맞춰주신 것이었다. 나는 그 말을 그에게 차마 하지 못했다.

나는 20대 시절을 방황하며 보냈다. 태백산 깊은 계곡을 누비고 다녔었다. 까맣게 때가 절어서 너덜거리는 운동화를 신고 집으로 돌아온 나를 보고, 어머니는 몹시도 마음 아파하셨다. 나중에 내가 학교를 무사히 마치고 교사로 발령이 났을 때, 어머닌 나를 구둣방으로 데리고 가 구두를 맞춰주셨다.

그런 구두였다. 그 신은 비뚤어진 길을 바르게 가라고 어머니가 맞춰주신 거나 다름없었다. 나는 그 구두 한 켤레만큼은 아껴 신었다. 끈으로 졸라매게 되어있는 그 구두를 동료교사들은 구닥다리라며 놀렸다. 나는 그 놀림이 오히려 뿌듯했다. "자네들은 이런 구두 없지?" 하고 빙그레 미소까지 짓곤 했다.

그 구두는 내 어머니의 간절한 소망이 담긴 구두였다. 그 구두는 나를 구하기 위해 바위연꽃을 피워낸 구두였다. 그 구두는 비록 낡았지만 내겐 어머니 같은 존재였다. 나는 이따금씩 구두를 내려다보며 나의 길을 묻곤 했다. 어디로 가야 하는 거냐고. 그러면 아주 작은 연꽃 한 송이가 구두코에서 피어나는 것만 같았다. 그러면 희망이 솟았다. 그런 구두였다.

그런데 얼마 전 그 구두가 사라져 버렸다. 온 집 안을 다 뒤졌건만 없었다. 그런데 어머니도 없었다. 구두 때문에 정신이 팔려 아무도 어머니가 없다는 걸 알아채지 못했다. 어머니의 신이 신발장에 있는 것으로 보아, 구두를 어머니가 신고 나간 것이 분명해보였다. 치매 든 어머니는 신발장 안쪽 깊숙이 숨겨놓은 나의 구두를 용케 찾아내어 신고 나가셨던 것이다.

겨울이었다. 돌아오지 않는 아들을 찾는다며 온 들을 헤매고 다닐 어머니는 덧버선 한 켤레만 신었을 것이었다. 마침내 나는 들판을 헤매고 다니는 어머니를 찾아내어 모시고 왔다. 어머니는 맨발이었다. 구두도 덧버선도 신고 있지 않았다. 나는 영영 그 구두를 찾지 못했다.

나는 어머니가 잃어버린 그 구두를 생각한다. 어머니는 구두를 잃어버린 것이 아니라고. 어머닌 자식이 돌아올 날을 기다리며 자신의 비밀장소에다 구두를 숨겨놓은 것이라고. 그리고 잃어버린 자식이 돌아오면, 오래오래 닫아두었던 기억의 상자를 열어 그 구두를 내게 내놓을 거라고.

겨울편지

갈가마귀가 보고 싶었습니다.

그러나 울산 태화강에 가지 못했습니다.

대신 임진각을 다녀왔습니다.

끊어진 철로를 보았습니다.

간절한 염원의 리본을 보았습니다.

그리고 일산장터에서 막걸리를 마셨습니다.

눈이 펑펑 내렸습니다.

정육점 지붕에도, 늙은 노동자의 어깨에도, 난장판 생선장수 소매에도 내렸습니다.

사람들은 물고기가 되어 흘러 다녔습니다.

동해의 명태, 서해의 새우, 남해의 방어가 서로 스치듯 지나 갔습니다.

파장 무렵, 눈은 외등으로 몰려들어 붐볐습니다.

안녕히 가세요.

네, 또 만나요.

귓갓길 대포 한 잔으로 언 몸을 데우고

이제 어둠 속 하얀 눈길을 밟으며 돌아가야 합니다.

먼 울산에서 갈가마귀 떼 우는 소리가 희미하게 들려오는 저녁

모두들 안녕하신지요?

고개 숙여 인사를 드립니다.

여름날의 그 집

장마 때면 난 하늘을 쳐다보는 버릇이 있다. 혹시나 하고 지붕도 올려다본다. 실제로 난 하늘에서, 아니 정확히 말해 초가지붕에서 떨어지는 미꾸라지를 본 적이 있다.

여섯 살의 여름, 거의 일주일 동안을 비가 퍼부었다. 시골집 우묵한 안마당은 물이 들어차 호수로 변했다. 외양간에선 임신한 소가 울었고 오랜 진통 끝에 송아지를 낳았다. 마당에 고인 물은 어른 종아리까지 차올랐다. ㅁ자형 집 대문 옆에 외양간이 있었다. 나는 송아지를 보러 가기 위해 대청마루에 놓인 함지박을 꺼내 탔다. 댓돌 곁 기둥에 기대어있는 할아버지 지팡이를 삿대로 삼아 바닥을 밀면서 갔다. 마당보다 지대가 높은 외양간엔 송아지 한 마리가 엄마소의 젖을 빨고 있었다. 눈이 참 예뻤다. 그 긴 장마가 데리고 온 어린 생명체를 오래

오래 들여다 본 기억이 지금도 새롭다.

장맛비가 그친 뒤 나는 바깥마당으로 나와 흐린 하늘을 쳐다보았다. 갑자기 내 곁에 서있던 고종사촌인 석곤 형이 소리쳤다.

"앗! 미꾸라지다."

정말 어른 손가락만한 미꾸라지가 초가지붕에서 처마 낙숫물과 함께 꾸물꾸물 떨어지고 있었다. 지금 기억하기론 대여섯 마리는 될 듯싶었다. 지붕에서 미꾸라지가, 아니 하늘에서 미꾸라지가 떨어지다니….

석곤 형의 말로는 오랜 장마가 지면 하늘에서 물고기가 떨어진다고 했다. 잉어도 떨어지고 메기도 떨어진다 했다. 나는 석곤 형의 말을 믿었다. 그림책에서 본 바다의 고래가 생각났다.

"고래도 떨어져?"

"아마 떨어질 걸? 하지만 본 적은 없어."

그날 난 참으로 오랫동안 하늘만 쳐다보았다. 나의 상상은 온갖 물고기들이 하늘을 부유하고 있었다. 지금 와서 생각해보니 혹시 석곤 형이 미꾸라지를 잡아 지붕 위에 던져놓고 나를 속인 것이 아닐까 의심도 든다. 충분히 그럴만한 사람이다.

바깥마당은 드넓어서 가을이면 탈곡기로 벼를 털거나, 도리깨로 콩타작을 하거나, 벼나 콩을 널어 말렸다. 커다란 잿간

지붕에 호박꽃이 피고 호박벌이 잉잉거리면 가을이 성큼 다가와 어른 머리보다 큰 호박이 얹어져 있게 마련이었다. 잿간 아궁이재와 함께 버무려진 똥오줌으로 키운 호박이었다. 발효된 거름은 최상의 비료 역할을 했다. 할아버지는 마실을 갔다가도 오줌이 마렵거나 똥이 마려울 땐 꼭 집으로 와 일을 보셨다. 거름을 함부로 남의 집에 주는 법이 아니라고 했다.

"얘야 들에 나가서라도 똥이 마렵거든 얼른 집에 와 누어야 한다."

할아버지는 손자인 내게 늘 말씀하시곤 했다. 그깟 똥 한 번 누는데 집까지 오라고? 나중에 안 일이지만 나의 할아버지뿐만 아니라 당시의 농촌사람들이 거의 다 그랬다.

집 뒤론 아름드리 밤나무가 여러 그루 있었고, 그 밤나무에서 밤송이가 주렁주렁 열렸다. 어른 주먹만한 밤송이가 탐스러웠다. 그 밤나무 위쪽으론 야트막하게 경사진 콩밭이 있어서 여름부터 가을까지 밭메뚜기가 콩처럼 튀었다.

밤나무 숲에는 인민군이 버리고 간 탄피상자가 수북이 쌓여있었다. 석곤 형과 동네 형들이 탄피상자를 열어 탄피를 꺼냈다. 철알을 빼고 종이에 화약을 모았다. 형들은 탄피가 알맞게 들어갈 쇠파이프를 어디선가 구해와 사제총을 만들었다. 고무줄로 만들어진 노리쇠를 장전하고 껍데기뿐인 탄피를 약실에 넣어 쏘았다. 노리쇠 뭉치가 어떻게 탄피뇌관을 쳐 탄피가 튀어 나가는지 나는 잘 몰랐다. 아마 탄피에 적당한 양의 화약을 채워 넣고 솜으로 막았을 것이라 짐작한다. 개울 모래 밭으로 나간 형들은 주변 돌들을 모아 엄폐물을 만들고 엎드려 총을 쏘았다. 따꿍, 따꿍…. 탄피총알은 10여 미터를 더 나가지 않았다. 형들은 그렇게 한여름을 총쏘기로 보냈다. 나는 형들의 총싸움을 지켜보며 형들이 버린 노란 철알을 반질반질 손때가 묻을 때까지 가지고 놀았다.

여름날은 매미가 울어댔고 아이들은 매미 우는 흉내를 냈다.
"맴, 맴, 맴!"
누가 그렇게 따라 하면 어떤 아이가,
"아니야 아니야, 매암, 매암, 매암… 이야."
그러면 좀 머리 큰 아이가,
"흥, 찌르매앰, 찌르매앰 그러는 거야."
석곤 형은 그럴 때마다 웃었다.
"얌마들아 틀렸어. 옷으르벗어, 옷으르벗어, 흐르매앰, 흐르매앰이라고 우는 거야. 알겠니?"
아이들은 깔깔거리며, "그러면 매미가 양갈보란 말이야?" 했다.
바람이 키 큰 미루나무 이파리를 희게 뒤집으며 지나가면 매미는 더 그악스레 울어댔다. 구름이 잠시 미루나무 가지에 걸렸다가 간신히 풀려나 산등성이를 넘었다. 석곤 형은 저수

지 역할을 하는 작은 연못에서 고둥을 잡아왔고, 나머지 아이들은 개울가 맑은 모래를 밟아 모래무지를 잡았다. 어떤 아이는 큰 바위 밑으로 싸리막대에 옭아맨 지렁이 낚시를 넣었다. 좀 있으면 작은 메기나 꺽지, 뚝지, 퉁가리가 낚여 올려졌다.

때론 어황이 부족하다 싶으면 석곤 형이 직접 나서 작살을 들고 큰 바위 밑으로 잠수하여 커다란 쏘가리나 메기를 찍어냈다. 좀처럼 보기 드문 멋진 장면이었다. 작살에 찍혀 올라온 쏘가리의 몸부림에 튕겨 일어나는 물보라, 그리고 작고 선명한 무지개는 한여름에만 만날 수 있는 아름답고 싱싱한 풍경이었다.

우린 여름 강가 모래밭에서 황덕불을 피워 설익은 콩을 익혀 먹거나 개울에서 잡아 올린 물고기를 구워 먹거나 했다. 좀 배가 고프다 싶으면 인근 밭으로 가 감자를 캐 오고 옥수수를 따서 황덕불에 구워 먹었다. 한줄기 소나기가 지나가면 소나기와 함께 춤을 추며 놀았다.

여름은 풍요로웠다. 여름 내내 벌거숭이로 살아도 되었다. 여름은 아이들의 몸과 마음이 익어가는 절정의 계절이었다.

저녁연기 모락모락 굴뚝에서 솟아오르면 갑자기 배가 고파졌다. 엄마가 어둑한 부엌에서 밥을 짓고 있을 것이다. 아니 오늘은 국수를 삶고 있으려나? 배가 고파진 아이들은 논둑길을 따라 집으로 달려가며 "엄마 엄마"를 외쳐 불렀다. 이내 메아리가 왔고, 놀란 저녁매미가 자지러지게 울었다.

저녁편지1

왜죠? 20년 전 티브이도 신문도 없이 강촌에 살 때 우린 겁
도 없이 정문 현관 처마에 말벌을 키웠지요. 근데 제 가족도
손님도 말벌도 서로서로 아무 신경 안 썼어요. 이따금씩 어린
아들놈이 작대기로 말벌집을 툭툭 건드리면, 경계병 말벌 한
놈이 머리를 가볍게 툭 치고 가요. "장난치지 마!" 하는 것 같
았어요. 그리고 초겨울 되어 말벌이 다 떠난 후, 말벌집을 거
둬 안방에 기념으로 보관하고 있다가 누가 약에 쓴다기에 주
었어요.

강촌을 떠난 뒤 티브이를 안방에 들이고 티브이하고 살았
죠. 모든 세상 이야기가 다 들어있었어요. 손가락으로 리모컨
을 누르면 이야기가 다 나왔어요. 티브이 상자 안에서 벌초하
다 말벌에 쏘여 죽은 노인 이야기를 그때 들었어요. 말벌이 무

서워졌어요.

　어느 날, 이사한 집 뒤란에서 말벌의 공격을 받았어요. 열흘을 이마가 퉁퉁 부었어요. 전 얼굴에 양파자루를 쓰고 막대기로 말벌의 집을 마구 쳤어요. 여러 번 쳤어요. 말벌들은 극렬히 윙윙윙 허공을 날았죠. 그리고 말벌은 어디론가 가버렸어요. 이젠 말벌과 친구가 아닌, 적이 되고 말았지요.

　왜죠? 갑자기 말벌이 생각나네요. 저녁이면 시골 굴뚝에 솟아오르는 푸른 연기처럼 이런 엉뚱한 풍경들이 떠올라 와요.

그대의 섬에서 그대를 읽네

나는 우편배달부가 우편낭을 열고서 꺼내준 책 한 권을 받는다. 멀리 있는 지인이 보낸 《섬》이란 표제가 붙은 쟝 그르니에의 에세이집이다. 불문학자 김화영 선생이 번역한 138쪽의 얇은 책인데, 1980년 12월 겨울에 나온 민음사 간의 활자본이다. 30년 전의 책을 받아 본다는 건 얼마나 감격스런 일인가. 누런 색 지질의 오래된 책인데도 마치 방금 나온 신간처럼 말쑥하고 핸섬하다.

나는 책갈피에 꽂힌 편지지를 펼쳐본다. 거기엔 파랑색 잉크로 쓰인 펜글씨가 너무나 선명하다.

일전에 서신으로 말씀드린 '섬'을 보내드립니다

그는 언제나 파랑색 잉크에 펜으로 글씨를 쓴다. 그는 종이 위를 스쳐가는 펜의 소리를 사랑한다. 사각사각, 한 자 한 자, 흰 종이 위엔 그의 생각과 그리움이 눈길처럼 찍혀있다.

그는 늘 잉크로 쓰는 것을 고집한다. 나는 그런 그의 고집을 고루하지도 모나지도 않다고 생각한다. 고루하기는커녕 그의 문장은 항상 그의 마음씨처럼 새롭고 신선하고 정겹다. 늘 소박하고 정연한 그의 문장은 상투적이지도 고답적이지도 않다. 문장은 간결하고 소박하나, 잘 익은 복숭아의 은은한 향기가 묻어난다. 그의 글씨엔 그의 체취와 그가 내뿜는 숨소리가 느껴진다.

나는 상상할 수 있다. 잉크병에 펜을 적시는 모습을, 펜을 들고 잠시 생각에 잠긴 모습을, 그리고 천천히 펜을 들어 편지지 위에 조심스럽게 써나가는 모습을.

쓸 때는 너무 속도를 내도 잉크가 튀어버리고, 쓰는 속도가 너무 느려도 펜촉에 고인 잉크가 침을 흘리게 마련이어서 아주 적당한 속도를 유지해야만 한다. 그것은 생각한 바가 불편 없이 펜촉에 흘러나와야 하고, 그것이 쓰는 이의 숨결에 실려 유연하고도 깊게 강물처럼 흘러야 한다. 펜대를 쥔 손과 펜의 사각거림과 종이 위에 파랗게 길을 내는 하나의 문장이 혼신을 다하여 여백의 길을 간 다음엔, 이윽고 마침표를 찍어야 한다. 아주 잠깐 숨을 고를 때가 있는데, 이때가 바로 문장과 문장 사이의,

문단과 문단 사이의 공간이 마련되는 시간인 것이다.

그래서 그 공간은 쓰는 이의 또 다른 사색의 여백을 엿볼 수 있게 한다. '곰곰이' 그러나 '게으르지는 않게' 잠깐의 쉬어감은 쓸데없는 군더더기 말을 거르는 역할을 충분히 해낸다. 또한 그 공간은 시적 메타포를 담고 있다. 여백이 크면 읽는 이의 상상을 펼쳐내게 되어 더 넓은 세계를 꿈꾸게 만드는 것이다.

하지만 컴퓨터 자판은 여백을 두지 않는다. 여백의 공간을 둘 여유로움을 주지 않는다. 마침표를 찍는 사이 어느새 곧바로 다음 문장으로 지쳐 나간다. 자판은 무참히 두드려진다. 마치 흰 벌판을 탐욕스럽게 질주하는 하이에나 무리처럼 먼지의 활자가 자욱이 화면 위에 일어나고, 피가 튀고, 낑낑거리고, 물어뜯는 그 참에, 뒤에 깔리는 글자들은 흡사 죽은 시체처럼 널브러져 버리는 것이다.

뒤도 돌아볼 새도 없이, 빨리, 즉시, 바로, 이어서, 달려야만 하는 이 시대의 속도만큼이나 컴퓨터 활자들은 똑같은 모습으로, 똑같은 길로, 비뚤어지지도 않고서, 직선으로, 앞으로 앞으로 달려가는 것이다. 이것저것 생각할 여유란 없다. 생각이 자판의 속도보다 빨리 달릴 때도 있고, 자판이 생각보다 빨리 달릴 때도 있어서, 끝내고 나면 무슨 글을 썼는지 알 수 없을 때가 많다. 요즘의 글은 써지는 것이 아니라 두드려지는 것이라는 말이 틀린 말이 아닌 듯싶다.

그래서 그런가. 요즘의 글들은 말은 많으나 자신이 대체 무슨 말을 하고 있는 건지 이상의 시 〈막다른 골목길〉처럼 난해할 뿐이다. 시나브로 제 목소리의, 제 냄새의 글맛을 잃어가는 것은 바로 그 여백의 쉼이 사라져 버렸기 때문이 아닐까.

제발 악필이라도 좋으니 한번쯤 여백을 마련할 일이다. 펜을 들고 생각하는 여유를 가져보는 것은 자신을 성찰함에 있어 도움이 되는 일일 테니까.

그래서 나는 그의 바닷빛 파란 잉크가 묻은 펜글씨가 기다려진다. 그의 봉투를 뜯을 때면 젊을 적 아내를 떠올린다. 아내의 편지는 언제나 바닷빛 설렘으로 나를 울렁이게 했었으니까.

그와 나는 여간해선 전화를 하지 않는다. 우린 엽서나 편지로 서로의 안부를 묻고 서로의 근황을 알려준다. 나는 그를 아내 몰래 숨겨둔 애인처럼 생각한다. 그의 글씨를 사랑하고, 그의 진심이 담긴 글을 사랑하고, 그의 그리움을 사랑하기 때문이다. 달필도 아니지만 그렇다고 악필도 아닌 그의 글씨와 글이 그리워지면, 나는 답장을 은근히 기대하면서 짧은 안부 편지를 보낸다.

그러면 며칠 후 어김없이 편지가 당도한다. 먼 항해를 돌아온 범선처럼 그의 편지는 흰 돛폭을 펄럭이며 나의 항구로 들어온다. 그는 항공봉투로 편지를 부치는데, 나는 그 빨갛고 파란 무늬의 가장자리 선을 쓰다듬는 버릇을 즐긴다. 그게 흡사 싱그럽게 뻗어나간 덩굴장미 같다고 생각하면서. 그리고 봉투 위쪽 한 귀퉁이에서 반가운 그의 이름과 주소가 산 메아리처럼 앉아있는 걸 발견한다. 전설처럼, 먼 메아리로, 나를 부르는 듯이. 그러면 나는 언제나 엘도라도의 보물이야기라도 들은 양 자못 흥분하여 그의 편지를 개봉하게 되는 것이다.

30년 전, 무슨 이유로 두 권의 '섬'을 구입했는지는 기억이 나지 않습니다. 아마 장정이 단순미가 있고 초판본이어서 욕심을 부렸나봅니다. 쌍둥이 하나를 떼어 보내는 심정으로 보냅니다. 서가에 꽂아두시고 거기 '섬'이 떠있구나 하고 생각해주시면, 또 하나의 친구가 될지도 모르겠습니다. 불비례.

무슨 생각을 하고 있는 걸까. 약간 오른쪽으로 고개를 숙인 필체다. 그의 글씨를 보면 글자마다 음표를 가지고 있는 듯싶다. 서로 부딪치고 출렁이고 어울려서, 어떤 독특한 소리를 자아내는 것만 같다. 특별히 음악적이고 시적인 문장이 아님에도, 그 글씨 자체로 그런 감흥이 이는 것은 불가사의한 일이다.

편지를 손으로 쓰는 이는 백에 하날까 천에 하날까, 귀한 보석처럼 보기가 드물게 되어버렸다. 더구나 잉크에 철필로 쓰는 이는 멸종위기에 처한 새 보기 마냥 영 글러버린 세상이 되었다. 누구에게든 휴대전화가 항시 손에 쥐어져 있어서 알릴 내용을 문자로 잽싸게 날리면 그만이니까. 그러면 몇 초도 안 되어 답글이 휴대전화에 뜨는 세상이니까.

하지만 편지는 그리움이고, 그 그리움을 채우는 여백이다. 편지엔 기다림이 있고 부치는 즐거움이 있다. 저절로 쓴 이의 다정한 모습이 떠오르는 게 편지글이다. 그래서 청마 유치환 시인의 편지는 행복이다. 《섬》 가운데 편지를 끼워 보낸 지인의 글은 그리움이다.

나는 청마의 시 〈행복〉 몇 구절을 빌려, 내 나름대로 개작한 몇 소절을 가만히 읊조려본다.

오늘도 나는
그대 섬에 홀로 앉아
그대 그리운 편지를 읽네

저녁편지2

제가 태어난 곳은 강원도 홍천군 물걸리입니다. 아름드리 밤나무가 빙 둘러선 우리 집은 가을이면 여문 알밤들이 굵은 별처럼 툭툭 떨어졌습니다. 6·25 전쟁 때 인민군이 버리고 간 탄피상자들이 밤나무 밑에 놓여있었습니다. 무섭기도 하고 고즈넉하기도 한 우리 집 뒤란은 늘 비밀스러웠습니다.

나이 들어 춘천 강촌에 살 때도 집 뒤 밤나무와 은행나무가 친구였습니다. 가을이면 갈색 알밤과 노란 은행알들을 주우며 새파란 하늘을 쳐다보곤 했습니다.

이 가을, 밤이 오면 알밤 줍듯이 알차고 빛나는 별들을 주우세요. 당신의 마음 안에 차랑차랑 떨어지는 마음의 별을요.

왜가리 선생님

애들아 내게도 선생님이 있었단다. 그분은 문법을 가르친 왜가리 선생. 오래전에 돌아가셨지. 키가 크고 목이 길어 이따금씩 고개를 끄덕일라치면 꼭 왜가리 같아 왜가리 선생이란 별명이 붙었지. 지금 살아계시면 99세 아니 100세가 넘었겠구나.

난 중학교 때 커닝을 하다가 그분께 직방 걸려버렸지. 물론 허벌나게 얻어터졌어. 내 문법은 그래서 비문법이 되었다네. 시인이 된 거지. 가끔씩 내가 신문에 날 때면 그분은 그 신문 쪼가리를 오려내어 학교 게시판에 붙여놓고 이랬대.

"애들아 이 사람이 이 나라의 최고 아름다운 시인이란다. 너희들 선배지. 비록 문법점수는 형편없었지만…."

아 시인이라니… 내가 다닌 신남중학교 출신엔 육군참모총장 조 모 씨도 있는데, 별이 네 개인 그는 내 후배이고 내 친구 걸걸이 양춘이 동생인데… 난 우울하고 희한한 언어나 조몰락거리는 시인일 뿐인데…. 선생님은 왜 하필 가난한 시인을 거론하는 것일까. 그렇게 의문을 품었네. 왜가리 선생이 돌아가시고 고향마을에 왔으나 왜가리 선생께선 여전히 내 곁에서 잔소리를 해대네.

"이보게 최 군. 자넨 아직도 형편없군. 도대체 자네가 할 수 있는 일이 뭔가. 세상을 커닝이나 하고…."

선생님. 죽어서도 잔소리나 늘어놓으실래요? 나는 이따금 선생님이 살던 집을 찾아가곤 하네. 그 집 기왓장 틈새엔 어리고 푸른 소나무 한 그루가 자라고 있네. 거짓말 보태 그곳에 송이버섯이 풍성히 돋아날지 어찌 알겠나? 퇴락한 그 집 화단엔 요염한 철쭉꽃 여전히 피어있다네(난 눈 내리는 한겨울에도 대문 틈으로 그 철쭉꽃을 본 적이 있지). 그런 나를 선생님은 그래도 잔소리가 하고 싶은지 대낮 그늘진 곳에서 이렇게 말하네.

"이희승보다 최현배가 나아."

아, 왜 이러세요. 선생님. 햇발이 어찌나 맑은지 나도 어디든 그늘에 숨고 싶었네. 그래요 '부사'란 말보다 '어찌씨'가 났지요.

어디선가 찌르릉 전화가 울려왔고 음악선생이자 시인인 제자 권혁소가 산적처럼 말했네.

"선생님 신남에 계시지요?"

"응 그래."

"저희들 금방 갈게요."

좀 있으니 제자 부부가 왔네. 두 사람 다 선생을 하지. 그들은 나를 행복하게 하는 사람들이지. 등심을 사줘서 맛나게 먹었네. 담배 한 보루도 슬쩍 내 방에 놓고 갔지. 이게 스승의 날 전야제 소식이라네. 난 제자들에게 아무것도 해준 게 없네. 그냥 이럴 뿐이지.

"잘 지내나? 건강들 하고…"

돌아가신 왜가리 선생처럼 참 재미없는 이바구나 주절대는 난, 스승의 날에 죽은 선생 하나 그리워 이렇게 말하고 싶었네.

"선생님 기체후 만강하시온지요."

아니다. 이렇게 말해볼까.

"샘 굿나잇?"

난 유령에게 허벌나게 조까치 맞았네. 외국말 함부로 쓰는 게 아니라고(물론 꿈이었지만). 선생님 전 이제 커닝도 안 하는데 이래도 되는 겁니까? 그래도 그분은 장군인 제자보다도 시인인 제자 최돈선이가 제일 만만했지.

"얘들아. 걘 너무 대책 없는 아이였어. 그러니 시인이지. 허망한 상상이나 하고 문법도 형편없이 틀리고…"

아아 선생님 정말 이러실 거예요? 죽어서도 그리운 못된 선생이 내 마을엔 여전히 살고 있네. 늘 시도 때도 없이 잔소리를 바가지로 늘어놓는. 하지만 깨달은 게 아주 없는 건 아니라네.

왜가리 선생이 고문하듯 일찍이 내게 일깨워주신 이 한 말씀.

"이 사람아, 사람은 죽어서야 그리워지는 법일세."

아이구, 선생님….

팬티

왜가리 선생님 신상털이나 해볼까?

이분은 원래 이북분이었네. 1945년 우리나라가 일제강점기에서 해방되고, 1950년 한국전쟁이 일어나기 전이었대. 그러니까 이분은 벌써 남침(?)을 감행하여 내가 살고 있던 동네의 중학교를 점령해버린 분이지.

그냥 야심한 밤에 꽃무늬 팬티만 입고 강을 건넜다는 거야. 임진강도 아니라네. 화천강도 아니요, 한강도 아니라네. 그 강은 38선이 찌익 그어진 동부전선 소양강 상류 관대리였다네. 거짓말 보태 총알이라도 우박처럼 쏟아졌음 얼마나 좋았겠나. 얼마나 심심하던지 가슴까지 차오르는 물을 건널 때 적막寂寞이란 말을 떠올렸대. "아니다, 아니야. 적막보단 거룩함이라 해야겠지?" 하고 너스레를 떠신 분이지.

하여간에 달빛이 그리 고혹적으로 내리비칠 수가 없었는데 자신의 상체가 형광처럼 푸르러서 감격하고 또 감격했다지 뭔가. "뭐 사시나무 떨 듯 떠셨겠지요"라고 내가 주책없이 정직하게 발설한 건 일생일대의 실수였어. 아이들이 까르르 웃었지. 왜가리 선생께선 험험 하더니 가래침을 카악 창문 밖으로 내뱉으며 나를 힐끔 바라봤지. 그건 내게 주는 무언의 경고였어.

"이 녀석아 죽음의 공포 속에서도 아름다움을 느낄 수가 있는 거야. 그게 인간이란다" 하셨지만, 난 써늘한 살갗의 돋음을 느껴야 했어. 사실 그건 왜가리 선생의 주장일 뿐이지 보편적인 이론은 못 돼. 사람은 공포 속에선 결코 아름다움을 느낄 겨를조차 없으니까. 다만 그 기막힌 일이 한참 지난 뒤 추억이란 앨범에 끼워져서야 비로소 아름다움을 창조하게 되는 거거든. 파란색을 칠해야 하나, 녹색을 칠할까, 분홍이면 좀 야하나, 노랑은 유치하지? 이리저리 궁리해가며….

단지 그건 써늘한 살갗의 돋음일 뿐이었어. 그래, 그래. 그 살갗의 돋음이 강을 건널 때의 왜가리 선생께서 느끼신 바로 그 돋음일 거야. 그런데 묘하게도 그 돋음엔 생명 같은 게 느껴진단 말이지. 우린 그때부터 서로서로 야릇한 적의를 품게 되었어. 오냐 이놈아, 오 선생님…. 우린 이렇게 악연의 생명체 하나를 독소의 풀잎을 키우듯이 키웠다네.

이분이 몸에 지닌 것은 중등교원자격증 한 장뿐이었는데,

얼마나 비닐로 잘 감쌌는지 꽃무늬 팬티에 꿰맨 그 비닐자격증은 젖지도 않고 말끔했다네. 교사가 귀하던 때라 왜가리 선생께선 즉시 채용되었고, 신남중학교의 터줏대감 선생님이 되었지. 북의 남침으로 한국전쟁이 일어나 잠시 피란을 간 것 외에는 쭉 신남에서 근무했으니까.

나중에 성장하여 한 친구가 술잔을 들고 느닷없이 화두를 던졌다네.

"어이, 왜가리 선생님 팬티가 정말 꽃무늬였을까. 대체 무슨 꽃무늬일까. 그게 지금도 궁금하네."

그러자 누군가 말했어.

"선생님 집 마당에 걸린 빨래엔 온통 꽃무늬 팬티밖에 없다더라."

"그래, 넌 봤니? 정말 꽃무늬 팬티가 걸려있든?"

"몰라. 소문일 뿐이지. 누구도 그걸 본 자가 없으니까."

아, 유감스럽게도 난 봤네. 어찌 필설로 그걸 다 말하리. 그 감격스런 장면을 어느 누구에게 귀띔하리. 당시 우리 마을에 대나무 숲이라도 있었더라면 난 서슴없이 그곳으로 달려가 "임금님 귀는 당나귀 귀! 아니 선생님 팬티는 뭐뭐!"라고 고래고래 소리를 쳤을지도 모른다네.

그래. 사실 빨랫줄엔 꽃무늬 팬티만 걸려있었어. 근데 그건 모두 여자팬티였어. 이상한 건 남자팬티가 없다는 거야. 바람이 모두 걷어갔을까. 남자팬티만⋯.

여름밤은 별빛으로 눈물겨웠지. 푸른 별의 눈물이 뚝뚝 떨어질 것 같은 여름밤에, 처절한 전쟁이 막 끝난 뒤의 막막한 밤하늘에, 서럽디 서러운 별들이 떨구는 별빛은 너무 요요하고 푸르렀지. 그 별빛만으로도 그믐밤은 귀기가 서렸어. 반딧불이를 눈꺼풀에 끼우고 도깨비장난을 치던 그때를 우린 기억하고 있지. 길목을 지키고 있다가 어둑한 딸기덤불에서 와 뛰어나와 아이들을 놀래키던 그런 그믐밤이었어. 그럴 때마다 꺄악 꺄악 여름밤이 속절없이 깊어가곤 했지. 밖으론 듬성듬성 돌을 박은 흙담장에, 안쪽으론 노간주나무가 빙 둘러쳐진 선생님 마당은 넘을 수 없는 비밀의 정원이나 다름없었어.

하지만 내가 누군가. 당시 난 추리소설을 너무나 많이 읽어서 '최추리'란 좀 언짢은 별명을 얻었더랬어. 아예 무식한 아이들은 가운데 추를 빼고 비틀거리는 시늉을 하며 "최리? 최리?" 했다니까. '초이루팡'이나 '샬록홈즈 초이' 같은 멋진 이름이면 좀 좋았겠나? 당시의 아이들은 그만큼 센스도 없고 아둔했지. 어쨌든 난 그 어떠한 수수께끼의 사건도 그냥 지나치는 법이 없었지.

선생님의 대문으로 들여다본 죄는 엄연히 사생활침해죄에 해당하나 당시의 경찰들은 그런 건 일소에 부쳤지. 사실 유감스럽게도 내 아버진 경찰이었어. 어느 날 내가 아버지에게 물은 적이 있었어.

"아부지, 남의 집 안을 '꼼꼼히' 살펴보는 건 사생활침해죄 맞지요?"

그러니까 아버지가 심드렁하게 대답했어.

"응, 맞아. 하지만 꼼꼼히가 어느 수준인지 판단하기가 그리 쉽지 않아. 목적이 어디에 있느냐에 따라 다르겠지. 이웃끼리 어느 집 숟가락이 몇 개이며, 하루벌이가 대충 얼마이며, 나물에 소면 삶아 먹으면서도 그 집 사내는 늘 양복을 빼입고 다니고, 양담배 물고 하릴없이 구름을 만들거나, 다방에서 쓴 커피 한 모금 마시고 되지도 않게 성냥개비로 이빨을 쑤신다거나, 그 집 딸은 화냥기가 다분히 있고, 그 집 마누라는 도둑질한 적이 있고, 그 집 애새끼는 남의 여편네 엉덩이만 힐끔힐끔 쳐다보는 버릇을 훤히 알고 있다면, 그게 사생활침해죄에 해당할까. 그냥 동네가 빤히 아는 개개의 신상일 뿐이지. 어떤 목적하에서 의도적으로 접근한다면 모르지만."

그날 그믐밤에, 난 어떤 목적하에서 의도적으로 접근할 마음이 추호도 없었더랬어. 내겐 우연이란 편리한 낱말이 소장되어 있었으니까. 그래서 나는 우연이란 무기로 '어떤 목적하에서 의도적으로 접근되어짐'을 멀리 추방해버릴 수가 있었지.

사실의 증거가 마음에 의해 제거됨을 그때 알았어.

　내가, 선생님이 펌프질을 하여 물 받는 소리를 듣고 웃통을 벗고 바지 혁대 푸는 장면을 똑똑히 바라본 건 선생님이 드나드는 대문 틈새였어. 우연이란 열쇠가 그 틈새를 더 많이 벌여놓았지. 바지를 내린 선생님은 빨랫줄에 바지를 걸어놓고 물을 끼얹었더군. 별은 온 힘을 모아 그 모습을 비춰주었지. 아아 별은 비밀스런 이야기를 생산해내는 공장이나 다름없었어.

　선생님, 선생님, 우리 선생님은… 아 이런….

　왜가리 선생님은 수업 중에 늘 입버릇처럼 우리에게 이렇게 말씀하시곤 하셨지.

　"세상엔 믿지 못할 일이 참으로 많지. 그게 인생이란 거다."

저녁편지 3

　저녁이면 고향집이 그리워집니다. 여물 씹는 소의 콧김과 어두워가는 외양간이 눈에 선합니다. 도연명의 〈귀거래사〉가 아니더라도, 정지용의 〈향수〉가 아니더라도 늘 고향은 우리에게 넉넉한 길을 내줍니다. 이럴 때 눈이라도 내린다면 그 눈발이 어디에서 더 붐빌지를 우리는 기억합니다. 그때마다 저는 로버트 프로스트의 〈눈 내리는 저녁 숲가에 서서〉를 떠올립니다.

　이것이 누구의 숲인지 알 것 같다
　그 사람 집은 마을에 있지
　그인 모르리라, 내가 여기 서서
　그의 숲에 눈 쌓이는 모습을 지켜본다는 걸

내 조랑말은 이상하게 여기리라
숲과 얼어붙은 호수 사이에
가까운 농가 하나 없는
연중 가장 캄캄한 이 저녁에 길을 멈췄으니

말은 방울을 흔들어 댄다
뭐가 잘못됐느냐고 묻는 듯이
그밖엔 오직 가볍게 스쳐가는
바람소리, 부드러운 눈송이뿐

숲은 아름답고 어둡고 깊다
하지만 나에겐 지켜야 할 약속이 있고
잠들기 전 가야 할 먼 길이 있다
잠들기 전 가야 할 먼 길이 있다

- 로버트 프로스트 〈눈 내리는 저녁 숲가에 서서〉

저녁밥 따뜻이 지어놓고 기다릴 식구들이 있는 사람은 이
세상 누구보다 행복한 사람입니다. 안녕히 돌아가세요. 당신의
행복이 눈꽃처럼 붐비는 당신의 집으로요.

과꽃

홍천강가 개야리에 과꽃이 피었다네. 1박 2일 일정으로 '강마을펜션'을 갔었네. 그곳에는 봄·여름·가을·겨울을 뜻하는 사계四季란 닉네임의 글쟁이가 살고 있다네. 17년 전 서울에서 모 은행에 근무하다 우연히 개야리강을 보고나서 눌러살게 되었다고 하네. 두 부부, 늘 사계절을 아름다이 산다네. 봄엔 개나리 흐드러지고 여름엔 매미와 딱따구리가 와서 논다네. 가을엔 과꽃이 피고 겨울엔 쩡쩡 얼음을 깨고 물고기를 잡는다네.

어젠 그분의 집에 아름다운 분들이 방문했다네. 화톳불가에서 부른 코란 님의 〈안개중독자〉는 신비롭고 깊었다네. 나는 강물이 되어 흐르는 듯했다네. 모두들 안개중독자가 되어 한밤을 어찌 보내었는지 알 수 없었다네. 사강 선생은 연신 코란 님에게 장난을 걸었다네. 그래도 머리 흰 코란 님은 빙긋이

웃기만 했다네. 코란 님이 시 한 편을 읊어주었다네. 부끄럽게
도 내 시였네. 〈우린 모두 강으로 간다〉란 제목의. 그 굵고 폭
넓은 음성으로 어둠에 잠긴 홍천강은 유유히 흘렀다네. 우린
모두 화톳불 바라보며 앞강 어둠을 흐르는 강물소리 들었다
네. 하염없이 세월이 가듯 들었다네.

연이어 미니핀 님의 시 낭송이 있었네. 내 시 〈친구여〉를 낭
송해주었다네. 낭랑한 그 목소리, 흐린 하늘의 별들을 불러 모
았다네. 그리하여 흐린 하늘의 별들이 모두들 우리 가슴 안에
와 포근히 잠들었다네. 그리고 사강 님이 읽어주는 시, 코란
님이 쓴 그 깊고 해학적인 시, 그 누구도 흉내 낼 수 없는 구
수하고 입담진 그 형형한 메아리의 시를 우린 감동으로 들었
다네. 길모아 님은 눈 감고 이 별 저 별을 뛰어다녔고, 화톳불
은 또 불티를 내어 흐린 하늘로 떠올랐다네.

우린 홍천강에 있었네. 아침에 우린 과꽃을 보았고, 꽃잎을
오므리고 있는 투명하게 노란 달맞이꽃을 보았다네. 이슬 머
금은 보랏빛 달개비를 보았고, 강가 기슭에 자욱이 피어난 여
뀌꽃들을 보았다네. 아침 홍천강은 녹색이었고, 백로를 띄웠
고, 아침 안개를 산마루로 피워 올렸네. 그리고 여전히 침묵
하나로 유유히 흘렀다네. 아름다운 분들과의 이별은 아쉬웠
으나 지금 그 개야리의 홍천강가엔 하얀 별 같은 부추꽃을 눈
길로 쓰다듬으며 아름다운 글을 쓰는 사계 님이 있다네. 그의

부추꽃 같은 반려자와 함께.

　가을, 그 강가에 과꽃이 피었네. 예쁘지도 않고 밉지도 않은 그 과꽃이. 늘 사촌누이 같은 그 과꽃이. 그래서 난 더욱 그 개야리의 강이 그리워진다네.

언덕길

내 고향 모퉁이 언덕길. 언제나 먼 아련한 추억이면서도 아
직도 손에 잡힐 듯 눈앞에 삼삼하게 떠오르는 건, 고향 모퉁
이 언덕길을 넘어가고 넘어오던 사람들에 대한 그리움 때문일
것이다.

우리 집 대문에서 동남쪽으로 80미터쯤 걸어가면 그 언덕
길에 다다르게 된다. 집 대문에서 바라보면 약간 경사진 오르
막길인데 옥양목을 펼쳐놓은 것 같은 오솔길이 비스듬히 활처
럼 휘인 채 뻗어있다. 길쭉한 동산의 잘록한 허리 부분이 언덕
길인 것이다. 일부러 깎아서 만든 토벽 길이 아니라, 밋밋하고
좀 우묵한 곳인, 사람이 그럭저럭 다니다가 자연스레 만들어
진 길이다.

뽕나무가 늘어선 경사진 언덕은 콩밭이어서 가을이면 메뚜

기가 콩 볶듯이 튀었다. 그때면, 언덕에서 메뚜기 떼들이 푸르
르푸르르 녹색 날개를 치며 건너편 밭으로 날아가곤 했다.

    일곱 살이 되자 나는 동창초등학교에 입학하여 언덕길을 넘
나들기 시작했다. 언덕길을 넘어가면 키 큰 전나무들이 줄지
어 서있었고, 그 길을 따라 한참 걸으면 길이 끝나는 곳에 자
동차가 다닐 수 있는 큰길이 나왔다. 그리고 이내 고갯길이었
다. 이름이 탄피고갯길인데, 그 고개를 넘으면 한눈에 동창마
을과 학교가 보였다.

    나는 학교에 다니면서 늘 무덤 하나를 만났다. 언덕길을 넘
자마자 오른쪽이었다. 그 무덤이 나의 작은할아버지 무덤이었
다. 이름이 복동이였다. 그분은 열아홉 나이에 만세를 부르다
일본 헌병의 총탄에 맞아 죽었다. 오일장이 서는 동창장터에
서 기미년 그날, 여덟 사람이 죽었다. 그중 한 사람이 복동이
할아버지였다. 정신박약아였던 복동이 할아버지는 만세물결
에 휩쓸려 목청껏 만세를 부르다 생을 마감한 것이다.

    나의 증조할머니는 그 이후 언덕길을 바라보는 버릇이 생겼
고, 당신의 아들 복동이가 꼭 돌아오리라는 믿음 속에서 일생
을 사셨다고 한다. 그러다가 말년엔 차츰 실성기를 보이더니,
가을 달밤만 되면 마당에 쌓아놓은 낟가리에 올라가 언덕길
을 향하여 훠이훠이 손짓을 하곤 했다는 것이다.

"워낙 키가 크신 어른이라… 낟가리에 올라선 그 그림자가 길게 고갯마루까지 뻗어있더구나."

나중에 어머니는 갓 시집와 처음 본 그 광경을 내게 소상하게 묘사해주었다. 손자며느리가 되는 나의 어머니를 얻은 지 얼마 안 되어 증조할머니는 언덕마루 오른쪽 양지바른 가족 묘지에 묻혔다. 그러니까 아들인 복동이와는 언덕길을 사이에 두고 반대편에 자리한 것이다. 총각 무덤은 조상들 묘소와 같이 쓸 수 없는 것이 당시의 유교적 풍습이어서 복동이 할아버지만 외딴 곳에 묻혔다고 했다.

그 언덕길로 어머니가 시집을 왔다. 그 전에, 나의 큰고모가 시집갔던 길을 어머니가 다시 되짚어 넘어온 길이었다. 금광쟁이였던 큰고모부는 송사에 연루되어 유치장에 들어있다 거기서 그만 옥사하고 말았다. 그러자 노총각이라던 큰고모부에게 아이 넷이 딸린 본처가 나타났고, 큰고모는 할 수 없이 아이 둘을 이끌고 친정으로 돌아오게 된 것이다. 그 아이들이 만갑이 누나와 석곤이 형이었다.

만갑이 누나는 나보다 아홉 살이나 위였고, 석곤이 형은 나보다 일곱 살이 많았다. 나는 걸음을 떼어놓기 전까지 만갑이 누나의 등에 업혀서 자랐다. 나는 자주 등에다 오줌을 쌌지만 만갑이 누나는 상 한 번 찡그리지 않았다고 한다. 석곤이 형은 나를 다섯 살 때부터 데리고 다녔다. 석곤이 형은 고기 잡는 데는 귀신이어서 여름날 저녁이면 나를 데리고 앞 강으로 갔다. 강이라지만 큰 개울 정도라고 생각하면 될 것이다. 큰 바위들이 많은 곳은 꽤 깊었다. 석곤이 형은 바위에 올라가 다이빙을 멋지게 하곤 물속에 깊이 잠겼다. 그리고 잠시 후 석곤이 형의 작살엔 꺽지며 메기며 뚝지가 꽂혀 나왔다.

개울 가장자리는 하얀 모래 위로 맑은 물이 얕게 흘러서 내 종아리 반쯤만 하게 찼다. 석곤이 형과 나는 모래를 밟으며 강을 따라 내려가다가 발바닥에 뭔가 꿈틀거리는 감촉이 오면 가만히 서서 힘을 주었다. 그리고 손을 발바닥으로 가져가 꿈틀거리는 놈을 살그머니 잡았다. 모래무지였다. 그렇게 우리는 하얀 모래 빛깔의 점박이 모래무지를 한 소쿠리 잡곤 했다. 날이 저물어 돌아올 무렵엔 버드나무 가지를 잘라 통발을 만들어다 여울에 놓기도 했다. 돌을 양쪽에 쌓고서 통발을 놓으면, 이튿날 아침엔 피라미며 매자며 퉁가리가 가득히 들어있곤 했다.

만갑이 누나와 석곤이 형은 내가 초등학교 2학년 때 모퉁이 언덕길을 넘어갔다. 큰고모가 장사를 해보겠다며 대처인 원주로 떠났던 것이다.

내게는 만갑이 누나보다 두 살이 더 많은 삼촌이 있었다. 삼촌은 어른 행세를 많이 해서 나와는 좀처럼 놀아주지 않았다. 그때가 6·25 전쟁이 휴전된 지 3년째였는데, 삼촌은 곧 우리

집에서 12킬로미터 떨어진 미군부대의 하우스보이로 취직이
되어 갔다. 삼촌은 언덕길을 넘어가면서 휘파람을 멋지게 불어
제꼈다. 삼촌은 아주 이따금씩 나타나 미제물건들을 쏟아놓고
갔는데, 담배도 있었고 목도리도 있었고 청바지도 있었다. 초
콜릿이며 체리며 비스킷이 잔뜩 든 과자꾸러미도 있었다.

어느 날 삼촌은 나를 데리고 언덕길을 넘어갔다. 내 나이 여
섯 살 때였다. 나는 언덕길 너머 큰길에서 미군지프를 타고 미
군들과 함께 미군부대로 갔다. 삼촌은 지프 안에서 미군들과
혀 꼬부라진 소리로 몇 마디를 나누며 히히덕거렸다. 삼촌은
내 귀에 대고 "애네들이 네가 귀여워 죽겠단다" 하고 속삭였
다. 내 눈엔 삼촌이 참으로 멋져 보였다. 영어를 할 수 있다는
것은 감히 우리 마을에선 상상조차 할 수 없는 일이었다.

나는 미군부대에서 처음 계란프라이라는 것을 맛봤다. 주방
으로 안내된 나는 삼촌이 "헤이 기브 미, 에그 프라이 원! 오
케이? 마이 네퓨, 마이 네퓨" 하며 나를 손가락질하는 것을 보
았다. 삼촌식의 영어에 주방장인 듯한 병사는 알았다는 듯 유
쾌하게 웃으며 고개를 끄덕였다. 프라이팬에 계란이 지글거리
는 소리와 더불어 역한 냄새가 코를 찔렀다. 결국 나는 그 이
상한 계란프라이를 반쯤 먹다가 도무지 비위가 상해 견디지
를 못하고 밖으로 뛰쳐나가 토하고 말았다. 아마도 기름진 것
에 익숙하지 못한 탓이었을 것이다. 토하는 중에, 막사 안에서

는 뭐가 그리도 재미있는지 한바탕 웃음소리가 들려왔다.

하지만 나는 식구들이며 아이들에게 자랑을 늘어놓기를 잊지 않았다. 계란프라이를 먹은 사람은 그 동네에선 삼촌과 나뿐이었으니까. 날계란이나 삶은 계란이나 계란찜 외에는 먹어본 일이 없던 당시였기에 모두들 내 무용담 같은 이야기에 넋을 놓고 귀를 기울였다. 나는 그 맛의 황홀함에 대해, 노른자와 흰자의 멋진 배치와 생김새에 대해(노란 섬이 하얀 바다에 뜬 모양이었다고 했던 듯하다) 갖가지 상상을 덧붙여 이야기를 풀어놓곤 했다. 어머니는 정말 그런 맛있는 요리가 있다니, 하고 냄비에다 프라이를 해보았으나 실패하고 말았다. 계란이 범벅이 되어 거의 까맣게 타버릴 지경에서야 어머닌 계란프라이 실습을 끝냈다.

그 후 나는 아이들과 같이 학교를 다니다가 미군부대 트럭이나 지프가 지나가면 삼촌의 그 멋진 영어를 생각해내고, "헤이 기브 미 원, 오케이?" 하고 손을 흔들었다. 그러면 종종 초콜릿이며 사탕이며 비스킷이 던져졌다. 아주 가끔씩은 레이션이 던져질 때도 있었다. 군용식량인 깡통 안엔 과자류며 호두며 말린 과일 등이 잔뜩 들어있었다. 거기에서 우리 아이들은 얇은 알루미늄으로 포장된 커피를 발견했다. 지금처럼 프림과 설탕이 믹스된 커피가 아니라 순수한 블랙커피였다. 우리는 달콤한 상상에 젖어 봉지를 뜯고선 손가락으로 맛보았다.

죽을 만큼 썼다. 어머니가 아플 때 다려주던 한약보다 더 썼다. 이건 놈들이 아이들을 죽이려고 독약을 탄 게 분명하다는 결론을 내렸다. 나중에 삼촌에 의해 밝혀지기까지 우린 레이션 깡통을 개봉하자마자 독극물을 찾아내어 멀리 던져버렸다. 그리고 우리는 "안 죽어줘서 미안하다. 암마들아!" 하며 먼지를 뽀얗게 일으키며 달아나는 미군 지프차의 뒤꽁무니를 향해 팔뚝질을 해대었다.

나는 초등학교 4학년 때 모퉁이 언덕길을 넘었다. 학교 가는 길이 아니라 인제로 아주 이사를 하는 것이었다. 할아버지, 할머니와 둘째 작은아버지 내외를 남겨놓고서 장남인 아버지는 경찰관이 되어 첫 발령지인 인제로 떠나게 되었다. 가을날 메뚜기들이 언덕길 위를 극성스럽게 날아다녔다. 푸르르 푸르르르….

오랜 세월이 지나 가을이면 의례적으로 벌초 때문에 그 언덕길을 넘곤 한다. 조부모도 돌아가시고, 아버지와 둘째 작은아버지 내외, 미군부대 하우스보이 막내삼촌도 돌아가셨다. 고모도 돌아가셨다. 살아계신 분은 멀고 먼 옛날 옛적의 언덕길을 기억하지 못하는, 구순이 다 되어가는 치매 걸린 어머니 한 분뿐이다. 물론 만갑이 누나와 석곤이 형은 살아있다. 그들 모두 칠십 줄이다. 그토록 오랜 세월이 지났건만 여전히 그 언덕길은 그대로였다. 나중에 돌아가신 분들이 차례로 가족묘지에 새로이 묻혔다.

증조할머니와 복동이 할아버지는 언덕길을 사이에 두고 여전히 안타까운 그리움 하나로 가을 햇살을 받고 있다.

저녁편지4

인제 설악산으로 가는 길. 소양댐 상류의 호수는 얼어있다.

신남리는 하루 종일 눈이 내렸다. 까마귀도 날지 않았다. 내 고향집 마을은 천년을 죽은 채 깃을 접었다. 고립된 산양이 먼 산에서 울었다.

영화를 누렸을 햇빛들조차도 꽁꽁 언 채 눈무덤에서 깊이 잠들었다. 보일러 꺼진 방구들에 손을 짚고서 나는 고요히 나목이 되어갔다. 어머니는 이제 메아리로도 남아있지 않았다.

오늘 백치의 생각나무 한 그루 키우고 싶은 밤이다.

카페 향천香川 793

직지사 가는 길엔 카페 '향천793'이 있습니다. 저는 카페 안 유리창을 통해 짙은 남빛 물결로 넘실거리는 깊은 호수를 내다봅니다. 갑자기 밀어닥친 한파에 하늘도 새파랗게 얼어있습니다. 바람이 미친 듯이 불었습니다. 추풍령에서 오는 바람이 카페 앞 호수로 내려와 추위에 언 하얀 이빨을 드러냅니다. 여름엔 자살하는 사람들이 가끔씩 찾아온다고 하는 저 호수 위로 바람이 연달아 물결을 뒤집으며 제 몸을 아낌없이 투신하곤 하네요.

수련처럼 예쁜 아가씨가 커피 두 잔을 내왔습니다. 카페 안은 온통 책으로 가득합니다. 저는 고골리의 《외투》와 《코》를 바라봤습니다. 외투를 강도 당한 아까끼 아까끼예비치와 코를 잃어버린 코발레프 소령을 떠올렸습니다. 19세기의 음침한 러시아 하늘이 제 마음에 덮여 왔습니다. 저는 한동안 커피를 마시지 않았습니다.

마루 님이 커피 맛을 얘기하자 맞은편 자리에 앉은 주인 정연주 님은 그 커피가 '코피루왁'이라고 말해주었습니다. 저는 아! 짧은 탄식을 내뱉으며 비로소 커피를 마셨습니다. 쓴맛과 더불어 은은한 향취가 났습니다. 저는 먼 남쪽나라 인도네시아를 떠올렸습니다. 그리고 커피나무 열매를 씹고 있는 고양이의 울음소리를 들었습니다.

여기는 오쿠다 히데오가 쓴 소설 제목처럼 혼자 '남쪽으로 튀어!'서 도착한 머나먼 카페입니다. 죽음처럼 슈베르트의 세레나데가 흐르는 곳입니다.

여기는 시민이 뽑은 아름다운 화장실과 활활 타고 있는 난로와 가득한 책과 고양이커피 향기와 한 송이 수련소녀의 조용한 발걸음과 문학에 심취한 미녀글쟁이 주인과 미친 듯이 투신하는 바람과 풍문으로 떠도는 술 익는 마을의 오랜 전설이 깃든 곳입니다. 헐벗은 나무와 나무숲 사이로 하늘빛이 새파랗게 질린 채 얼음처럼 박혀 서있는 외딴 곳입니다.

저는 카페 '향천793'에 와있습니다. 직지사는 숨소리조차 내지 않고 잔뜩 웅크리고 있습니다. 해가 기울면 이내 직지사 저녁종이 노을처럼 번지며 울려올 것입니다. 하늘의 점등인이 별을 켜기 시작할 무렵 전 북쪽으로 가야 합니다. 그게 제 길이기 때문입니다.

똥동지

 한겨울 대구 동화사에서 전국 대학생들이 모여 동계수련을 한 적이 있습니다. 벌써 50여 년이 다 되어가는 이야깁니다. 그동안 동화사는 규모가 참 많이 커졌습니다. 신도도 구름 같이 많아졌고, 이 유명한 총림사찰을 구경하기 위해 전국에서 많은 관광객들이 동화사를 찾아옵니다. 스님을 가르치고 양성하는 승가대학이 있고, 신도를 위한 불교대학이 개설되어있으며, 사찰음식 강좌도 정기적으로 연다고 합니다. 그중 동화사 템플스테이는 참나眞我를 찾기 위한 프로그램으로 일반 대중은 물론 신부님, 목사님도 오셔서 마음의 번뇌를 조용히 씻고 간다고 합니다.

 당시 동화사는 많이 낡았고 시설도 참 열악했습니다. 불교에 관심 있는 전국의 대학생들이 모여 수련을 하기에는 많이 불편했습니다. 대웅전에서 내려다보면 오른쪽으로 요사채 두 채가 있었는데, 거기에다 100여 명이 넘는 청춘남녀를 기거하게 했습니다. 다행히 여자 따로 남자 따로 숙소를 정해 혼숙은 면한 셈입니다. 침구가 있을 리 없고 일정한 잠자리도 있을리 없습니다. 그냥 너른 방바닥에 누우면 그곳이 잠자리였습니다. 사방 벽면 구석진 곳에다 가지고 온 짐을 치워놓고, 아침저녁으로 발우공양을 하거나 스님들의 강의를 듣거나 면벽좌선을 하거나 했습니다.

그런데 저와 제 친구는 늦게 도착한 탓으로 제일 아랫목을 차지하게 되었고, 그것도 바로 여닫이문이 있는 문지방을 차지하게 되었습니다. 요사채에 딸린 부엌이 바로 밥과 국을 해대는 공양간이어서 아침 점심 저녁으로 불을 땠기 때문에 아랫목 구들이 뜨겁게 달아 장판이 시꺼멓게 탔습니다. 도저히 뜨거워 참을 수가 없었습니다. 절 측에서 지원한 모포를 몇 겹씩이나 깔아야 겨우 화상火傷을 면할 수 있는 지경이었지요.

그러니 아랫목 친구들이 제일 윗목을 차지한 학생들을 얼마나 부러워했겠습니까. 지옥탕이나 다름없는 아랫목에선 밤새 뒤척이는 신음소리가 들렸고, 윗목의 학생들은 고요한 밤 거룩한 밤 새근새근 아기잠을 잘도 잤습니다. 게다가 제가 자리한 곳은 문지방이어서 학생들이 들락날락하며 문을 수시로 열고 닫곤 했고, 문틈으론 냉혹한 겨울바람이 밀려 들어왔습니다.

저는 그만 지독한 감기에 걸려버렸습니다. 뜨거운 구들과 찬 바람이 만든 그 감기는 수련이 끝나는 날까지 계속되었습니다. 코가 막히고 머리가 띵띵 아프고 잠이 너무 부족해 늘 졸았습니다. 아침 4시경만 되면 스님이 제 문간 옆 마루에 놓인 청동북(일종의 꽹과리)을 치며 염불을 해대곤 했는데, 고막이 찢어질 정도로 시끄러웠습니다.

부리나케 일어나 바깥으로 나가 소나무 한 그루가 서있는 샘터에서 얼음을 깨고 고양이 세수를 했습니다. 그리고 아침예불을 하기 위해 대웅전으로 갔습니다. 반야경과 천수경을 외고 108배를 건성으로 마치면 공양시간이 되었습니다. 발우공양을 끝내고 주어진 일정에 따라 공부가 시작되었습니다. 대학교수도 와 강의를 했고, 젊은 학승도 강의를 했고, 노스님도 와 나직나직 이야기를 했습니다.

저는 비몽사몽 졸다가 듣다가 세상 모든 일을 다 잊어버리곤 했습니다. 그저 바깥 소나무 숲에 이는 솔바람 소리만이 들릴 뿐이었습니다. 수아 수아아…. 그 소리 제 귀를 씻고, 그 소리 제 번다한 생각을 말끔히 쓸어냈습니다. 그 소리 고요하나 그 소리 또한 아득했습니다. 그 소리 어느 새 제 영혼으로 스며들었습니다. 전 그 소리만 들렸습니다. 그렇게 저는 일주일을 보냈습니다.

저녁엔 면벽좌선을 하면서 지옥의 열탕에서 헤매기를 일주일이 지난 어느 날입니다. 저는 참 이상한 스님 한 분을 만났습니다. 그것도 밤에 아무도 없는 해우소解憂所에서 말입니다.

해우소란 화장실을 이릅니다. 당시의 해우소가 얼마나 컸던지 지금 생각해도 그 규모가 믿기지 않습니다. 그만큼 스님도 신도도 많다는 뜻이겠지만, 해우소가 딱 한 군데밖에 없었기에 그럴 만도 했습니다.

해우소는 긴 복도가 칸칸이 미로처럼 나있고, 수용소의 방처럼 50여 개가 훨씬 넘을 '일 보는 곳'이 있었습니다. 놀라운 것은 문이 없어서 복도를 지나는 사람들에게 용변 보는 일이 환히 들여다보인다는 사실입니다. 칸막이는 성글게 둥근 나무로 쳐져있었는데, 밑을 보니 바닥도 둥근 통나무로 되어있었고 분뇨가 차있는 것이 빤히 내려다보였습니다. 거짓말 보태, 똥을 누면 한참을 지나야 떨어지는 소리를 들을 수 있었습니다. 게다가 겨울인지라 통나무 바닥은 매우 미끄러웠습니다. 아주 조심을 하지 않으면 큰일을 겪을지도 몰랐습니다. 낙상을 하여 다치거나 아예 똥통에 영원히 처박혀 사라질지도 모른다는 두려움이 앞섰습니다. 그래서 우스갯소리로 이런 말이 생겨났는지도 모릅니다.

'절에선 밥 잘 먹고 똥 잘 싸는 일이 제일 어렵다. 하지만 그걸 잘하면 도의 길이 열린다.'

정말 그랬습니다. 밥 먹는 발우공양도 힘들지만 똥 누는 일은 더 어려웠습니다. 어찌되었건 저는 공양을 마치고 참선을 하던 중에 갑자기 배가 아파 해우소에 가게 되었습니다. 손전등도 없는 처지에 더듬거리며 어두운 복도를 지나 아무 곳이나 찾아들어 갔습니다(그때 왜 입구의 전등 스위치를 켜지 않았는지, 지금도 참 의아스럽습니다). 기척이 없는 것으로 보아 그 큰 해우소엔 저 혼자뿐이었습니다. 편안히 착석하여 볼일을 아름답게 보는 중에 겨울밤 솔바람 소리를 듣고 있자니 전 약간 졸았던 모양입니다. 그때였습니다. 갑자기 복도로부터 손전등이 휘휘 사방을 비추더니 바로 제 곁방에 웬 장승 하나가 턱 자리를 잡고 앉아 '끄응, 끄응' 힘을 주는 것이었습니다.

해우소의 전설에 간혹 장승이나 사천왕들이 와서 일을 보고 간다는 이야기가 있습니다. 그들은 천 년에 한 번 동화사 해우소로 와 똥을 누는데 그 똥이 모두 황금이 된다 했습니다.

아, 황금이고 나발이고 이거 큰일 났습니다. 꼼짝없이 예서 죽어 똥통귀신이 되고야 마는구나 생각했습니다. 나오던 똥도 그만 들어가 버리고 말았고, 곁의 장승이 누는 황금똥만 '끙~ 끄응, 터엉! 끄응, 터엉!' 하고 울릴 뿐이었습니다. 분명히 저는 들었습니다. 그건 환청 같은 것일까요?

"어이 이보쇼. 똥 누는 양반."

장승이나 사천왕들이나 예의란 눈곱만큼도 없는 자들임을

67

그때야 알았습니다. 저는 가까스로 모기 목소리를 흉내 내어 응답할밖에 없었습니다.

"니에…."

그러자 손전등이 반짝 켜지더니 제 얼굴로 획 빛을 쏘아댔습니다. 기겁을 한 저는 그만 밑을 씻을 새도 없이 줄행랑을 놓을 뻔했습니다. 어린아이 팔뚝만한 통나무로 얼기설기 칸막이가 된 불량수용소입니다. 볼 건 다 볼 수 있는 자유지대나 다름없었습니다.

장승이 말했습니다.

"나 처릉이요."

젠장! 해우소에서 똥을 누며 자기소개를 하는 자는 처음입니다. 얼핏 손전등 빛에 잠깐 보니 승복을 입고 있는 것으로 보아 스님이 분명했습니다.

"전 여기 수련 온 학생입니다."

이렇게 우리는 역사적인 똥간의 수인사를 마쳤습니다. 자기는 동화사 근처 파계사에 있으며 10년을 두문불출하다가 대학생들이 왔다 하니 그 뜻이 가상하여 내려왔노라, 내 말을 그대가 주지나 담당스님에게 전하고 얼른 준비하라 이르시오, 라는 것이 장승 아닌 낯선 스님이 제게 준 전갈이었습니다.

'저 아직 똥 다 안 누었는데요?'

이런 말이 제 입에서 튀어나올 리가 없었습니다. 그저,

"니에…."

부리나케 고양이처럼 뛰어가 다짜고짜 처음 본 스님에게 이렇게 고할 뿐이었습니다.

"처룽 스님이 파계하고 왔대요."

이게 웬일입니까. 철웅 스님이 왔다! 철웅 스님이 왔대! 철웅 스님이 왔다는군! 웅성거리는 대학생들은 철웅 스님을 너무나도 잘 알고 있었습니다. 대중방은 동화사 스님들과 학생들로 꽉 찼습니다. 드디어 처룽이 아닌 철웅 스님이 나타나 연단에 섰습니다. 철웅 스님의 말씀의 요지는 이러했습니다.

언제든 마음으로 남을 배려하라
항상 웃어라
늘 감사하는 마음을 가져라
염불과 선수행을 게을리 마라

참 이상도 하지요. 졸음 한 잎 제 육신에 돋아나지 않았습니다. 그때 저는 겨울 솔바람 소리를 듣지 못했고, 여전히 '끄웅, 텅!' 하는 소리만 들었습니다. 철웅 스님의 목소리는 제게 깊은 울림으로 다가왔습니다. 아인슈타인의 상대성 이론부터 서구의 헤겔이나 쇼펜하우어, 중국의 노·장자와 공자를 함께 불러왔지만, 그의 이론은 참으로 쉽고 간결했습니다. 철학에 문외한인 제게도 어렵지 않았습니다. 마지막으로 철웅 스님은 좌중을 휘 둘러보더니 저를 발견하곤 빙그레 웃었습니다. 그리고 이렇게 말했습니다.

"똥동지! 우린 아주 큰 인연이오."

학생들이 와 하고 웃고, 스님들이 킥킥거리며 웃고, 솔바람 소리가 우우와와 야유를 놓으며 웃었습니다.

아, 스님 어쩌자고….

오랜 세월이 지났습니다. 저는 철웅 스님이 입적하셨다는 소리를 나중에야 들었습니다. 그동안 한 번도 만나뵌 적 없는 똥동지 철웅 스님은 해탈하셨을까요. 그건 제가 이 세상을 하직하면 알지도 모릅니다. 해탈은 일체를 무화시키는 것이니 그 앎 또한 얼마나 부질없는 일인지 조용히 생각해봅니다. 영원한 선지식 똥동지 철웅 스님 감사합니다. 매일 웃겠습니다.

아함阿含이란 말에는 '전해져 온 가르침'이란 뜻이 담겨있습니다. 가장 원초적인 먼 시원의 말씀입니다. 오늘의 저는, 제가 담긴 오늘에 지극히 감사하고, 무연히 살아 숨 쉬는 저에게 감사합니다. 더불어 수천 년 전 '전해져 온 그 말씀'에 다소곳이 귀 기울여 인사를 드립니다.

자신에게 귀의하고 법에 귀의하세요
자신을 등불로 삼고 법을 등불로 삼으세요
자신을 편히 쉴 곳으로 삼고
법을 편히 쉴 곳으로 삼으세요

自歸依法歸依 自燈明法燈明 自洲法洲

－《아함경》

2 사랑이
   나를 만질 때

그 섬에 가면

섬이다.

나는 예전에 완도수산고등학교에서 국어선생 노릇을 했었다. 섬마을 선생의 월급은 완도에서 제일 꼴찌였다. 나는 완도에서 붕장어와 소주만 먹고 살았다. 광주에서 민란이 일어나 복면을 한 무리들이 푸르죽죽한 죽창과 철알 없는 카빈소총을 들고 완도를 들락거렸다. 그들은 지쳐있는 패잔병이나 다름없었다. 그때 난 그 가여운 사람들이 마냥 슬펐고 안타까웠다. 그들은 언제 죽을지 모르는 목숨이었으므로. 애인의 이름조차 부를 수 없는 그날 그 순간을 나는 보고 있었으므로. 그렇게 그들의 눈이 바로 나의 눈이었다.

나는 당시 섬마을 선생이었지만 내게 섬은 낭만적이지도 아름답지도 않았다. 섬은 감옥같았다. 그 먼 먼 날에 아리따운 젊은 아내가 나를 만나러 왔었을 때 난 무슨 말을 해야 할지 몰랐다. 며칠 동안 벙어리의 날들이 지나갔고 아내는 새벽에 울며 떠났다. 아내가 빨아준 젖은 옷들이 마당 한가운데서 펄럭였다. 아내가 떠나는 날 나는 그 흔한 미역도 김도 사주지 않았다. 섬은 그렇게 슬프고 안타깝고 외로운 곳으로 지금도 내 기억 속에 저장되어있다.

그러나 난 지금 울릉도에 있다. 제자 박성호 부부가 내게 베푼 이 여행은 내 인생의 가장 아름답고 슬픈 여행으로 기억하련다. 슬프다. 가진 것 하나 없는 이 맑은 바다, 동해 한복판의 이 외로운 섬. 후박나무 그늘 아래서 난 엘리엇을 읽는다. 쓸모없는 이 무소유의 자만은 대체 뭐란 말인가.

아무것도 이룬 것 없는, 그래서 오히려 자유롭다고 스스로를 위로하는 늙은 나그네여. 그대 참 고맙구나. 오래도 살았구나. 이제 또 얼마를 더 살아남아 이 세상을 오염시켜야 할지… 난 미안하고 또 미안하구나.

어제 소주 다섯 병을 비우고 보이지 않는 밤바다를 보았지. 오징어배는 위태롭게 수평선에서 흔들렸고 나도 마냥 흔들렸지. 그리고 난 우표 없는 편지를 썼지. '사랑하는 사람아' 이렇게 첫머리를 쓰고 목이 메어 울었다. 그렇게 우체국에서 띄운 내 주소 없는 엽서는 은하수 건너 건너 몇 억 광년을 흘러야 내 애인에게 닿을 수 있을는지… 아무것도 모르는 내 애인은 오늘 밤 5층 아파트 문을 말없이 열어줄 것이다. 내 몸만 그대에게로 가고 내 영혼의 메시지는 아직도 먼 우주를 여행하고 있겠지.

이것이 나의 사랑법임을 내 사랑하는 아내는 알고나 있을까. 아내는 아직도 내겐 늘 멀고 늘 비싼 존재이고 늘 설레는 미지의 그 무엇이기에. 그렇다. 언젠가 내 아내를 납치하여 10박 11일 울릉도 나리분지 치정사건을 저지르고야 말리라. 기어코 나는 최격정이 되고야 말리라.

그러나 나는 아직도 내 아내에게 '사랑'이란 말을 하지 않았다….

문득 가을입니다

가을이 오면 왠지 하늘을 보아도 울먹여지고 산들을 보아도 울먹여집니다. 스스로 제 몸 어찌 될지 다 알아서 금세 자신을 서럽게 물들이는.

처서가 지나자 갑자기 날이 서늘해졌습니다. 가을이 오자마자 사람들은 얼른 눈치를 채고 가을을 이야기합니다. 어느 날 문득 우리가 가을을 예감하게 될 때 가을은 저만치 물러나서 자신을 아프게 반추하기 시작합니다.

떠나야 할 때를 아는 가을이여. 이제 그대가 왔고 이제 그대가 갑니다. 그리하여 나는 박재삼 시인의 〈울음이 타는 가을강〉을 암송합니다. 아주 가까운 듯 먼 그 시를 되풀이해 암송합니다. 곁들여 나의 졸작 〈가을산〉을 슬그머니 끼워 암송합니다.

하루는 왠지 물 밑바닥에 어른거리던 물잠자리 그림자 사무쳐라

가을산 마주하고 기침 같이 아름다운 누이야

꽃 피우듯 꽃 피우듯 뜨겁게 이마를 짚는 외짝 손거울 사무쳐라

거꾸로 우는 사랑 거꾸로 우는 금빛 강

메아리 메아리 목 메이도록 깊은 산 그리움 사무쳐라

- 〈가을산〉 전문

며칠 전 춘천에 오신 정현종 시인을 뵈었습니다. 노시인은 아주 나직나직이 말씀하셨습니다. 가벼움에 대하여 말씀하셨습니다. 그 가벼움은 홀가분함이고, 그 가벼움은 바람이고, 그 가벼움은 기쁨이고, 그 가벼움은 사랑이라고 말씀하셨습니다. 정현종 시인의 눈빛은 맑고 형형했으나 메아리처럼 깊었습니다. 스스로 자신을 물들이는 노시인의 눈엔 가을이 담겨있었습니다. 사랑할 시간이 많지 않다고 노시인은 말씀하셨습니다. 사람과 사람 사이에 섬이 있고, 그 섬에 가고 싶다고 말씀하셨습니다.

가을이 오면 기침이 나고, 가을이 오면 산과 강이 멀어집니다. 녹음을 지우고 가을이 오고 가을이 갑니다. 아무 기척 없이 가을은 그렇게 우리 곁을 스쳐갑니다. 가을이여 난 그대로 하여 지금 미열을 앓고 있습니다. 가을을 안달한 나머지 나는 안타까이 목 놓아 메아리를 놓아 보냅니다.

소년

한 소년이 있었다. 소년은 홍천군 내촌면 물걸리에서 태어나 자랐다. 막 한국전쟁이 끝난 무렵에 탄피고개를 넘어서 동창국민학교를 다녔다. 그리고 2학년 때 인제로 이사했다. 6·25의 아이들은 머리에 기계충이 심했다. 콧물도 잘 흘렸다. 시오리가 넘는 학교를 타박타박 걸었다. 하학하고 오다가 도랑물을 막아서 아이들과 미꾸라지를 잡았다. 가을 억새풀을 꺾어 씹으며 청명한 하늘을 보았다. '난 뭐가 될까' 이렇게 하늘에 묻기도 했다. 그런 소년이었다. 누구든 소년이었고 누구든 소녀였듯이. 가을 하늘엔 유난히 잠자리들이 많이 날아다녔다. 새파란 하늘은 늘 서늘하고 맑았다.

때론 학교 가다 인적 없는 산길을 오른 적도 있었다. 그날 소년은 학교를 결석하고 언덕을 넘어 먼 곳까지 갔다. 언덕 너머 강기슭에 닿아 하염없이 강물의 흐름을 지켜보았다.

'강은 흘러 바다로 가겠지?'

하지만 바다가 얼마나 넓은지 소년은 몰랐다. 한 번도 바다를 본 적이 없었다. 소년은 갯가 맑은 조약돌을 주워 강 저쪽을 향해 물수제비를 떴다. 톡, 톡, 톡, 톡…. 소년은 저녁이 오는 줄도 까마득히 몰랐다. 저녁노을은 강으로 빠져들어 깊이 죽었다. 소년은 그날, 언젠가 꼭 바다로 갈 결심을 했다. 바다는 소년의 꿈속에 출렁여 먼 고래의 울음을 낳았다.

이윽고 소년의 곁으로 한 소녀가 왔다. 그니는 소년의 애인이 되었다. 소년이 청년이 되었을 때 그는 꽃보다 예쁜 그니를 꼬셨다. 그니는 소년의 어깨에 가만히 기대어 왔다. 청순한 그니의 입술만 바라보던 소년은 억새 숲에 그니의 몸을 뉘어 그니의 입술을 범했다. 달빛이 교교했다. 비밀의 행위를 지켜본 간사스런 달을 억새밭에 누운 소년과 그니가 올려다보았다. "아이 참, 세상엔 비밀이란 없어"라고 그니가 말했다.

"억새풀과 달이 이럴지도 몰라. 함부로 우리 영역을 어지럽힌 대가를 톡톡히 치러야 할 걸?"

푸르디푸른 달빛 아래서 소년이 말했다. 달빛과 억새풀이 전한 소문이 마을의 골목길을 돌고 돌았다. 소년과 그니는 결혼을 했다. 바람도 시샘하는지 고맙게도 춘삼월에 눈을 소낙비처럼 뿌려주었다. 제길 이 무슨….

성장하여 1980년 소년은 바다 한가운데 섬에서 교사생활을 했다. 이 나라 끝 완도는 동백꽃으로 붉었었다. 이유 없이 서러웠다. 소년이 꿈꾸던 바다는 허무하였고, 소년이 꿈꾸던 바다는 막막했다. 성장한 소년이 그 섬에 갇혀 오래 있었다. 수형인의 삶을 소년은 살았다. 그곳에서 두건 쓴 시위대를 만났다. 정부는 그들을 폭도라고 칭했다. 그러나 죽창과 카빈소총을 지닌 그들 폭도가 소년의 눈에는 슬퍼보였다. '왜?'라고 소년은 자신에게 되물었다. '왜 저들은 폭도가 되어야 했지? 무엇이 저들을 분노케 한 거야'라고 되물었다.

소년은 밤만 되면 부두로 나가 술을 마셨다. 먼 데 섬에서 오는 불빛이 꺼질 듯 말 듯 가물거렸다. '섬도 뭔가를 그리워하는구나. 뭔가를 그리워하며 늙어가는구나'라고 소년은 생각했다. 쓰디 쓴 소주는 소년을 어두운 밤 바닷가로 이끌었다. 조약돌을 주워 바다를 향해 물수제비를 떴다. 톡, 톡, 톡, 톡….

저 조약돌은 어디로 갈까. 소년은, 아니 이미 성장한 소년은 소년이 아니었지만 조약돌을 던질 때만큼은 소년이었다. 매일 밤이면 술을 마시고 조약돌을 바다로 던졌다. 톡, 톡, 톡, 톡….

공무원인 그니가 휴가를 얻어 왔다. 신접살림을 차릴 새도 없이 소년은 이 나라 제일 끝 섬 완도로 홀로 왔다. 그니는 소년의 부모를 모시고 살고 있었다. 그런 그니가 왔다. 왜, 라고 묻기도 전에 그니는 울었다. 밤바다를 바라보며 하염없이 울었다. 소년이 그니를 가만히 안아주었다. 바다도 침묵으로 소년과 그니를 어두움의 비단으로 감싸주었다. 이튿날 새벽같이 그니가 떠났다. 소년은 왜, 그니가 울었는지 나이가 훨씬 더 들어서도 알지 못했다.

'세상은 알 수 없는 게 너무나 많거든.'

그것이 소년이 느낀 생각이었다.

그니가 울며 떠난 자리는 너무나도 공허했다. 아침에 학교로 출근할 때 논가 도랑에 쓰러져 있는, 시위대가 버리고 간 버스를 보았다. 버스의 옆구리는 총알로 구멍이 숭숭 나있었다. 소년은 그 버스가 죽은 고양이 같다는 생각을 했다.

'고양이는 죽어서도 눈알을 똑 뜨고 있거든. 이 버스도 제 옆구리에 눈알을 참 많이도 간직하고 있는 걸? 어쩐지 슬프게도 퀭한 눈이야.'

시위대도 오지 않고 하늘에 뜬 공수부대의 헬리콥터도 뜨지 않는 섬은 적막했다. 소년은 떠나야 했다. 떠나면서 운동장에서 아이들에게 이임인사를 했다. 소년은, "잘 있거라 너희들이 참 많이 보고 싶을 거야"라는 상투적인 말을 소년의 어록에 남겼다. 붉은 동백꽃은 이미 지고 남쪽 필리핀 군도에서 발생한 태풍이 북상하고 있었다.

"난 너희들이 보고 싶을 거야."

이 한 마디가 훗날 아이들이 성장하여 소년을 찾아오게 하는 빌미가 되었다.

소년은 태풍에 밀려 북쪽 호수의 도시로 갔고, 호수의 도시 한가운데 학교에서 교편을 잡았다. 사립학교였다. 그니가 공무원 생활을 접고 소년에게로 왔다. '그날, 왜, 울었지?'라는 말을 소년은 꺼내지 않았다. 부모에게는 죄송스러웠지만 소년과 그니는 행복했다. 행복한 삶이 영원히 지속되어 정년퇴임을 한 뒤 시골 한 구석에서 한가한 여생을 보낼 꿈을 충분히 꿀 수 있었다.

그러나 그러지 못했다. 다만 그건 꿈일 뿐이었다. 소년은 약사동 고갯마루 성공회 교회당으로 가 전교조 결성 음모에 참여했다. 하지만 거기까지였다.

'난 조직화된 무리는 싫어. 혼자 하는 게 좋아.'

1년 후 이 국어선생은 사립학교 문제에 밸이 꼴린 나머지 재단 이사회의 부당한 처사에 항의하는 글을 썼다. 젊은 선생들을 꼬드겨 연판장식으로 사인을 받았다. 소년의 무모한 저항은 거기까지였다.

피박에 광박까지 독박을 쓴 소년은 고등학교에서 중학교로 좌천되었다. 다행히도 봉급은 똑같았다. 소년은 3년을 버티다 스스로 목을 자를 결심을 했다. 일종의 자살인 셈이지? 소년은 웃었다. 소년은, 자살행위에 동조한 그니에게 감사의 표시를 하지 않았다. 당연히 동의할 줄 알았으니까.

소년은 무엇이든 잡아먹는 거대한 공룡의 사회로 내던져졌다. 직장을 팽개친 대가는 소년을 강촌으로 떠나 살게 했다. 연못엔 붕어가 살았고, 민물고둥이 개흙 속에서 살았고, 부레옥잠화가 꽃을 피웠고, 연못 곁으로 사슴 두 마리가 울타리 안에서 풀을 뜯었다. 300여 평의 텃밭에 고추와 근대와 아욱을 심었다. 토마토 모종도 심고 배추와 무씨도 뿌렸다. 이 정도면 상농사꾼이지 뭐. 소년은 매일 아침 연못을 찾아오는 호반새를 기다리곤 했다. 카알 붓세의 시를 읊으며 소년은 행복했다.

하지만 그니도 행복했을까. 그걸 알 리 없는 소년은 소설을 써볼까 어쩔까 궁리만 했다. 그러나 그건 너무 허황했다. 소년이 강촌에 살고 있다는 입소문 방송이 전국으로 인구人口에 회자膾炙되자 사람들이 매미 우는 태풍처럼 몰려왔다. 소년의 밤은 늘 백야였고, 소년은 잔디 깔린 파라솔 아래에서 노래를 불렀다.

오 시군, 시야. 사람들이 소년을 칭찬했다. 소년은 매일 취한 상태로 늘 비몽사몽이었다. 소년은, 이태백 형님이 나만큼만 살았을까 어쩌구저쩌구 씨부렁거리기를 주저하지 않았다. 그렇게 주야장창으로 음주가무는 3년이나 지속되었다. 살림이 거덜 났다.

울타리에 갇힌 사슴 두 마리가 새끼를 놓아 일곱 마리나 되었다. 어찌 보면 그것은 지독한 근친상간이었다. 그니가 말했다.

"우린 여길 떠나야 해요."

소년은 그럴 수밖에 없다는 생각이 들었다.

"가기 전에 저 울타리 청소나 합시다."

소년은 고개를 끄덕였다. 저녁노을이 깔리고 소년과 그니는 사슴 울타리문을 열었다. 사슴들이 어슬렁어슬렁 밖으로 나갔다. 사슴들은 자기를 가둔 울타리와 소년과 그니를 한참 동안 바라보더니 뒷산으로 올라가 종적을 감추었다.

"니들은 이제 자유다."

이 말 한 마디 또한 소년의 어록에 명징하게 기록되었다. 그러나 그것도 거기까지였다.

아침이 되자 사슴 여섯 마리가 돌아와 있었다. 사슴들은 소년과 그니를 당돌하게 쳐다보았다. '사료 주쇼' 하는 눈초리로 한껏 거만을 떨었다. 소년은 사슴들이 자유란 말을 도무지 이해하지 못했음을 그때야 알았다. 다만 한 마리 새끼사슴만이 자유란 의미를 이해한 듯싶었다. 녀석은 이틀이 되어도 감감무소식이었다. 그런데 웬걸, 동네 어르신 한 분이 그 새끼사슴을 안고서 왔다. 자기네 밭에 들어와 분탕질을 치기에 마취총을 쏘아 잡아왔다는 것이었다. 어르신은 만면에 도요토미 히데요시 같은 주름진 웃음을 지어보였다. 아이구, 고맙습니다.

어르신(제길 그냥 놔두면 어때서…).

소년은 얼른 마음속으로 소년의 어록에 이렇게 썼다.

'자유란 말이지. 절대 공짜로 얻어지는 법이 아니거든.'

그랬다. 사슴들은 투쟁했어야 했다. 사슴 울타리를 뿔로 들이받아 탈출했어야 했다. 그랬어야 사슴은 진정한 자유를 누릴 수가 있는 것이었다. 노예로 남기로 한 사슴들을 소년이 하염없이 들여다보고 있을 때 어르신이 말했다.

"뿔을 왜 안 자르지요? 그거 꽤 돈이 되는데…"

행색을 보아하니 가진 게 별로 없어 보인다는 투로 소년의 아래위를 어르신이 훑어보았다.

수사슴은 가을만 되면 늠름한 화관을 쓰고 위엄 있게 암사슴 주위를 거니는데 사랑이란 단어가 이때 떠올려진다. 그리고 겨울 내내 암사슴을 차지하여 교미를 한다. 그것이 끝나고 눈이 내린 후 이내 봄이 찾아오면 뿔갈이를 해야 한다. 그때부터 사슴의 뿔은 새로 자라난다. 암놈이건 수놈이건 연한 풀잎이 자라듯 머리에 봉긋한 처녀 유방 같은 뿔이 솟는 것이다. 뿔 안엔 신선한 피가 가득 채워져 있는데 인간은 그걸 톱으로 잘라 생피를 받아 마신다. 이유는 단 한 가지. 그들의 어록엔 '끝내주잖아?'라고 적혀있을 게 뻔하니까.

천부당만부당한 말이었다. 피칠갑한 주둥이를 소년은 도저히 쳐다볼 수 없었다. 밤새도록 교성을 지를 게 뻔한 섹스를 소년은 상상조차 하고 싶지 않았다. 그건 그녀도 마찬가지였다. 그렇다고 소년이나 그녀나 생명사상에 철저히 무장된 자연주의자는 아니었다. 그저 싫었다. 그런 인간들이 싫었다. 전에 살던 집주인이 넘겨준 사슴을 그저 키웠을 뿐이었다.

자유란 이름의 떠돎을 포기한 채 주인에게 되돌아 온 사슴들에게 소년은 사료 한 바가지를 넣어주었다. 신선한 뽕잎도 던져주었다. 사슴은 고맙다는 말도 없이 뻔뻔스레 주둥이를 박고 사료를 먹었다. 아직 이슬이 채 가시지 않은 뽕나무 줄기와 뽕잎을 찬찬히 훑어 먹는 모습을 소년은 오래오래 바라보았다.

강촌 집을 팔고 떠날 때 소년은 사슴들을 쳐다보지 않았다. 사슴과 울타리는 옆집 농부에게 주었다. 농부는 봄이 오면 뿔을 자를 게 분명하다. 매일 주는 사료와 산야에서 베어오는 풀들의 밑천을 농부는 반드시 건지려 할 것이다. 스스로 자유를 포기한 대가를 사슴들은 아픔과 고통의 피잔치로 성대히 치러야 마땅하리라. 엘리엇의 시가 예언하듯이 '사월의 잔인한 봄'을 사슴은 매번 맞이해야 하리라. 노예의 삶은 그런 것이다.

아버지가 돌아가신 후 소년의 엄마는 외손녀를 데려다 키웠다. 그 아이가 성장하여 대처로 취직되어 가고 소년의 엄마는 홀로 시골에 남아 텃밭을 일구며 지냈다.

그러던 어느 날 소년의 엄마가 전화를 했다.

"얘야, 내가 좀 이상하다. 네가 보고 싶어졌어."

소년은 지체 없이 엄마가 계시는 시골로 갔다. 소년의 엄마는 밤낮으로 집을 나갔다. 소년은 마을 골목과 산야를 뒤져 엄마를 찾아왔다. 소년의 엄마와 소년의 숨바꼭질놀이는 4년 동안 계속되었다. 소년의 엄마에 의해 소년은 매일 엄마의 돈을 훔친 도둑놈이 되어주어야 했다. 그렇게 4년 동안 소년의 엄마는 경찰이 되고 소년은 도둑놈이 되어 도돌이표 도둑놀이를 즐겼다.

소년의 엄마는 식물을 좋아해서 화단에 매일 물을 주었다. 방 안 선인장이 꽃대를 내밀어 풍성하고 아름다운 열대성 꽃을 피웠다. 소년의 엄마는 비가 오더라도 화단에 나가 물을 주었다. 비와 엄마가 주는 물은 과연 무엇이 다른 걸까.

소년의 몸과 마음은 엄마의 병세가 깊어갈수록 피폐해졌다. 잠이 모자라 늘 눈동자가 충혈되어있었다. 소년의 엄마는 소년의 외할머니, 즉 자신을 낳은 엄마를 부르며 달밤을 헤맸다. 그리고 매일 강물처럼 울었다.

소년은 그런 엄마를 어느 날 아침 요양원으로 보냈다. 소년은 그날 하루 종일 울었다. 부엌에서, 화장실에서, 뒤란에서, 책상에 앉아서, 방바닥에 드러누운 채 그리고 이 방 저 방을 돌아다니며 엄마 찾아 울었다. 소년은 소년의 엄마처럼 서러이 울었다. 소년은 엄마를 버린 대가를 '통곡의 벽을 치는 의식'으로 치러야 했다. 소년은 엄마 없는 방에 틀어박혀 혼자 지냈다.

때마침 고독이란 놈이 소년에게로 와 우울의 묘약을 선물했다. 소년은 우울함과 아주 친해졌다. 우울의 백작이 속삭였다.

'이젠 스스로 목숨을 끊어도 되겠군.'

소년은 백합꽃 마흔 네 송이를 사가지고 와, 방 안 화병에 꽂아 놓고 향기롭게 죽을 만큼 사치스럽지 않았다.

흐린 날이었다. 소년에겐 면도날이 있었다. 그걸 이용키로 했다. 네모진 양날의 면도날은 오래 된 것이었다. 아버지가 면도기에 끼워 사용하던 그 면도날은 아버지의 거친 수염을 베었겠지만 이젠 자식의 목숨을 베어야 할 처지가 되었다. 면도날이 한숨을 내쉬는 듯싶었다. 문득 소년은 자신의 시 한 편을 떠올렸다.

누가 나를 사랑하나

한 편의 영화처럼 강이 떠나고
포플러가 자라고
바람과 함께 흐린 날이 왔다

나는 부끄러워

조그만 목소리로 미어지듯
음악을 욕했다
비록 조용한 배반이었으나
사랑하는 진정한 그들은 죽었음을
이제야 알았다

램프와 그리운 바람이
인생을 덮고
죽은 친구의 묵은 엽서에 긋는
자욱한 빗줄기

아직은 한 줄의 시를 사랑하고
노래처럼 불이 꺼지고
바람과 함께 흐린 날이 왔다

- 〈엽서〉

흐린 날은 늘 소년이 품은 가장 슬프고 아름다운 날이었다. 그
래서 흐린 날에 시를 쓰곤 했다. 〈목숨〉이란 제목으로 시를 썼다.

어디서 들려오는 한 많은 피릿소리
마음은 마음을 믿는,

말도 소리도 없는 하얀 모래밭으로
마른 당나귀 끌고 가는 도둑의 발자국
발자국에 고인 달빛마저도
그대의 맑은 피였네 목숨이었네

- 〈목숨·하나〉

한 편을 쓰고 소년은 오래오래 흐린 방에 앉아있었다. 그리
고 한 편을 더 썼다.

우리는 우리의 살점을 뜯어가는 눈보라를
잊지 못한다
수많은 늑대가 혀를 물고 죽어가는
진정한 욕망의 눈보라를 잊지 못한다
사납게 울어대는 광하의 밤에
우리는 우리의 귀가 듣는 소리를 잊지 못한다

- 〈목숨·둘〉

'애야 힘드니? 그럼 수염을 깎으렴.'

소년은 아버지의 목소리를 들었다. 소년은 아버지의 면도날
로 목숨 대신 우울의 수염을 깎았다. 깎으면서 아버지를 생각
하고, 엄마를 생각하고, 애인인 그니와 또 그니가 낳은 아이 둘

을 생각했다. 결국 소년은 면도날의 용도가 무엇인지를 알았다.

소년은 친구를 찾아 마음의 길을 떠났다. 인터넷을 통해 페이스북을 접했다. 소중한 친구들을 하나둘 만났다. 거기엔 그의 곁을 떠나 성장한 제자들도 있었고, 거기엔 소년보다 더 슬픈 이도 있었고, 거기엔 죽음 직전에도 웃는 아름다운 사람들이 있었다. 모두들 소년을 따뜻이 반겨주었다. 우울이란 놈과 더 이상 같이 있을 이유가 없어졌다.

소년은 매일 글을 썼고, 친구들은 소년의 글과 시를 좋아했다. 소년은 늘 메아리를 들었다. 그리하여 가슴속에 종을 놓아 그것을 쳤다. 그 종소리가 소년을 새롭게 변신하게 했다. 탄일종 소리가 '저 깊고 깊은 산속 오막살이'에도 울렸다. 새로 태어난 소년은 시집도 냈고, 조그만 에세이집도 냈다.

많은 이들이 소년에게 암담한 자신의 처지를 이야기했다. 소년은 들었다. 진심으로 들어주었다. 자신의 응어리진 속내를 풀어낸 사람들은 그것으로 행복해했다. 누구에겐가 아주 조금만 미소를 띄워주어도 사람들이 행복해짐을 소년은 오랜 세월이 지나서야 알게 되었다.

상선이

상선이를 만난 것은 3년 전이었던 듯싶다. 춘천시립도서관 벤치에 앉아있는 나를 보고 달려오는 모습이 꼭 나비 한 마리가 나풀나풀 날아오는 것만 같았다. 몹시 가녀린 소녀였다. 처음 만난 나를 친아버지처럼 덥석 껴안았다. 활짝 웃는 웃음이 노란 해바라기 같았다. 도무지 마흔을 갓 넘긴, 애를 둘씩이나 키워낸 여인으론 보이지 않았다. "아부지", 이 한 마디가 참으로 자연스러웠다. 페이스북에서 만나 나를 아버지라 부르겠다고 해서 그러라 했는데 어찌 첫 대면에 이리도 자연스럽게 아부지란 말이 터져나올 수 있단 말인가. 하지만 상선인 충분히 그럴 수 있는 사람이다.

상선일 보면 늘 해맑은 옹달샘을 떠올린다. 그 옹달샘엔 물마시러 오는 토끼도 있고 호롱새도 있고 다람쥐도 있다. 온갖 동물이 와 아침을 여는 이 옹달샘은 마르지 않는 영혼처럼 아름다운 꿈을 꾼다. 상선인 아이들과 늘 함께 생활한다. 독서치료와 상담 일을 하며 맑고 밝게 티 없이 살고 있다. 이 사람이라고 어찌 고난이 없으며 슬픔이 없을 수 있으랴.

하지만 상선인 그걸 내색하지 않는다. 혼자서 조용히 울고, 혼자서 조용히 생각하고, 혼자서 조용히 기도한다. 그리고 마침내 용기와 희망을 불러들인다. 이것이 상선이의 아름다움이요, 상선이의 고갈되지 않는 지혜의 옹달샘인 것이다.

어느 날 외딴 섬 어느 장병이 상선이에게 편지를 보냈는데 사연은 이러했다.

예산이 없어 보수는 드리지 못합니다. 다만 숙식만은 제공할 수 있습니다. 선생의 귀한 말씀을 장병들에게 꼭 들려주면 감사하겠습니다. 저희는 읽을 책도 부족한 외딴 섬에 있습니다.

상선인 배를 타고 섬으로 가 1박 2일을 보냈다. 장병들의 따뜻한 환대와 상선이의 환한 웃음 그리고 저마다 묻어두었던 동심을 꺼내 한데 어울렸다. 상선인 그 어떤 만남보다 더 값진 시간을 보냈다고 했다. 상선인 돌아와 장병들에게 보내줄 책을 수집하기 시작했다. 많은 분들이 호응했다. 순수하고 천진한 상선이의 호소가 많은 이들을 감동케 했다.

지금도 상선인 매일 바쁘다. 딸 하나는 대학교를 졸업했고 막내는 대학에 재학 중이다. 게다가 상선인 S대 대학원 박사 과정을 밟고 있다. 잠은 도대체 몇 시간이나 자는지 모르겠다. 날마다 전국을 순회하며 강의를 다닌다. 그리고 박사과정 리 포트를 쓰고 시험준비를 한다. 주경야독인 셈이다. 자신의 학 비와 딸의 학비가 만만치 않을 텐데… 게다가 생활비며 여러 가지 잡다한 공과금이 상선일 압박한다.

힘이 겨울 땐 내게 메시지로 "아부지 힘들어요~" 씩씩하게 말 하면 힘이 난다고 한다. 아 나도 아직은 쓸모가 있는 인간이구나.

올 1학기 박사과정 성적표가 나왔다. 올 A+였다. 도대체 이 런 일이… 넌 여분의 시간을 꿰차고 다니는 요정이 틀림없어.

상선아. 난 너를 낳진 않았지만 네게는 내가 또 하나의 아버 지란다. 고맙다. 난 네가 하늘처럼 기운차고 넉넉해서 자랑스 럽다.

카테리니행 기차는 8시에 떠나네

기차는 8시에 떠나야 한다. 기차는 수증기를 뿜어내는 증기기관차여야 한다. 8시에 떠나는 기차는 평원과 협곡과 높은 다리를 지나 이름 모를 산속 터널을 지나야 한다. 터널을 빠져나온 기차는 눈 덮인 마을의 간이역을 스쳐서 지나가야 한다. 그래야 당신이 가고 있음을 기억할 수 있다. 당신은 죽을 때까지 내 기억 속에서만 존재해야 한다. 그래야 당신과 함께 했던 시간들이 멀어질수록 홀로인 나는 더 생생히 당신을 힘껏 껴안을 수 있다.

아직도 그니는 플랫폼에 남아 떠난 기차의 긴 레일을 하염없이 바라보고 있을지도 모른다. 떠난 애인은 다시는 돌아오지 않을 것임을 알기에. 그니의 마음엔 눈이 내리고 몸은 식어 더 이상 버티기 힘들겠지만, 사랑하는 애인이 그니를 버린 것이 아님을 안다. 그는 떠나서 해야 할 일이 있다. 뿌리치고 떠나는 것이 아니다. 카테리니에서 그가 저항해야 할, 저항하지 않으면 안 될 투쟁이 있기 때문이다.

아마 그는 죽을지도 모른다. 죽을 결심으로 그는 8시 카테리니행 기차를 탔을 것이다. 그것이 그의 신념이고, 그의 사랑이고, 그의 고결함이기에. 순백의 사랑은 그런 것이다. 떠나는 이, 남아있는 이 서로서로 침묵의 포옹을 오래 나누는 것이다. 이윽고 입술을 포개고 팔과 가슴과 머릿결과 뺨을 쓰다듬은 뒤 가벼운 손짓으로 떠나는 것이다. 하얀 입김을 남기며 떠나는 것이다. 그 겨울의 차가운 입김엔 무슨 말이 담겨있는지를 연인들만은 안다.

이별은 아프지만 슬픈 것이 아니다. 사랑은 한순간이고 결코 영원하지 않음을 이들은 알고 있다. 사랑은 오래 간직하는 것이지 늙을 때까지 누리는 것이 아님을, 사랑은 기다리면서 지우는 것임을, 사랑은 희미한 기억의 날들을 죽을 때까지 가슴에 품는 것임을 이들만은 안다.

카테리니행 기차는 8시에 떠나가네
11월은 내게 영원히 기억 속에 남으리
내 기억 속에 남으리
카테리니행 기차는 영원히 내게 남으리

함께 나눈 시간들은 밀물처럼 멀어지고
이제는 밤이 되어도 당신은 오지 못하리
당신은 오지 못하리
비밀을 품은 당신은 영원히 오지 못하리

기차는 멀리 떠나고 당신 역에 홀로 남았네
가슴 속에 이 아픔을 남긴 채 앉아만 있네
남긴 채 앉아만 있네
가슴 속에 이 아픔을 남긴 채 앉아만 있네

- 미키스 테오도라키스 〈기차는 8시에 떠나네〉

그리스의 아그네스 발차. 나는 그니의 노래를 듣는다. 수십 수백 번 반복하여 듣는다. 이 노래는 1967년 그리스의 금지곡이었다. 작곡가 테오도라키스는 군사재판에 회부되어 투옥되었다. 그는 군사독재에 저항하는 레지스탕스였던 것이다. 이 애절한 서정성의 노래가 만인의 심금을 울리는 것은 단순한 이별의 슬픔 때문만은 아니다. 사랑만큼 숭고하고 고결한 '빛의 영혼'이 이들 가슴에 고이 간직되어 있기 때문이다.

이 아름다운 서정시는 영혼의 힘이다. '가야할 때가 언제인가를 알고 가는' 이형기의 〈낙화〉와도 같이 이들은 자신의 길을 떠난다. 이들에겐 죽을 만큼 사랑해야 할 이야기가 숨어있다. 비밀의 이 이야기는 닫힌 우리들 마음의 문을 두드려 흔든다. '왜 두드리는가'라는 어떤 이유도 어떤 해명도 있을 리 없다. 오직 한 가지, '사랑합니다'라는 단순하고 유치한 언어만이 존재할 뿐이다. 그리하여 '당신이 내 곁을 떠날지라도 나는 당신을 영원히 기억할 수 있습니다'라는 문장만이.

이것이 사랑일까. 사랑의 묘한 감정은 수천수만 갈래로 분화되고 변형된다. 사랑의 감정은 찰나이며 사랑하는 시간은 흘러 흘러 소멸하는 것이다. 단지 마음속에 기억될 뿐 더 이상 똑같은 상태로 지속되는 것은 아니다. 사랑은 죽음으로써만 완성되는 것이기에. 그만큼 사랑은 순결한 붉은 피와도 같은 것인지도 모른다. 사랑은 아주 단순하니까 그렇지 않겠는가. 사랑이란 이름은 다만 기억 속에 존재할 뿐인 그리움 같은 것이기에.

동화작가가 되기 위하여

"저 동화 쓰고 싶어요."

"오 그래요. 그럼 동화책 천 권 읽고 와요. 내가 그 다음을 알려줄 테니…"

얼마 후,

"다 읽었어요."

"오 그래요. 그럼 국어사전을 몽땅 베껴 쓰세요."

얼마 후,

"헉헉 다 베껴 썼어요."

"오 그래요. 그럼 이제부터 빈둥거리세요. 그리고 문득 어느 날 쓰세요!"

그는 썼다.

마침내 그니는 한국의 유명한 동화작가가 되었다. 그니는 초등학교만 겨우 졸업한 사람이었다.

통도사 생각

15년 전인가로 기억된다. 한겨울 가족과 함께 통도사에 갔다. 저녁에 도착하여 늦은 공양을 마치고 곧 선방으로 직행했다. 문틈 사이로 바람은 횡행하고, 스님의 말씀은 겨울바람이 잽싸게 낚아채선 산 위로 내달았기에 웅웅거리기만 했다.

"일체가 마음에서 이루어지니 위잉, 산다는 것은…."

흐어엉, 오 이 고통과 번뇌란…!

삼경에 자리 잡고 앉아 가부좌를 트니 이미 육신은 차게 식어 화두는 온데간데없고 고물턱만 덜덜거렸다. 참여인원이 100여 명이 넘었는데 자시를 넘기니 하나둘 자리가 비기 시작했다. 대체 우릴 뭘로 알고, 동태삼매경으로 내친 이 통도사의 무심극악한 처사에 분노가 활활 일었다. 주어진 화두를 흠씬 두드려 팼으나, 내 마음 아무리 용광로 같아도 몸은 차게 식은 지 오래….

하여 무심코 곁을 보니 처와 딸은 빈 방석만 덩그러니 남기고 몸과 영혼은 어디론가 사라져 버리고 없었다. 그래 또 반대편을 보니 이게 웬걸, 초등학생인 아들이 아주 평안히 아니 무심히 앉았는데 이미 꽁꽁 언 얼음덩이 같았다. 그래도 가벼운 미동으로 보아 살아있긴 살아있었다.

그래, 나는 이 녀석이 언제까지 견디나보자 은근히 기대하는 마음을 품고 있었으나 "아버지 추워요. 엄마, 누나가 있는 뜨끈한 구들방으로 가요" 하는 속삭임은 들려오지 않았다. 그렇게 곁눈질로 꼬마 아들에게 무언의 호소를 아낌없이 던지는, 참 서럽고 불쌍한 아비가 통도사 한겨울을 이고 고뇌하고 있었으니 어찌 애달프고 가관타 하지 않으리.

하룻밤을 새고 동 틀 무렵, 몇 사람만이 남은 선방을 간신히 탈출하여 요사채로 향하니 두 모녀는 천국의 복숭아 따먹는 꿈을 잘도 꾸고 있었더라.

지난날을 회상하매 감회가 어찌 남다르지 않을 수 있으리. 다만 아들은 그 덕인지 아주 침착한 사람이 되어 공군도 제대했고, 복학하여 교사될 꿈을 키우고 있는 중이다.

지금은 스님들이 하안거 중이라 '출입금지' 팻말이 붙어있다. 다시는 들어갈 수 없는 저 문 안에 어린 아들을 곁에 두고 한밤

내 떨어낸 한 가여운 영혼이 있었음을 아는 이 아무도 없다.

부처님은 아실까. 그건 명부冥府에 가봐야 밝혀질 일이고….

옷

나는 옷을 아무렇게나 입는다. 그래서 나는 거울을 잘 보지 않는 편이다. 못생긴 얼굴과 작은 키를 왜 내가 공을 들여서 봐줘야 하는가. 거울 속의 또 다른 낯선 나를 말이다.

내가 입은 옷 거의 전부가 내가 산 게 없다. 제자가 사주거나 딸이 사주거나(딸들 많아 딸부자다. 합이 넷) 사이즈를 너무나 잘 아는 아내가 챙겨주거나 심지어 대학생인 아들까지 가세하여 옷을 사준다. 어젠 녀석이 용돈을 아껴 등산복을 사줬다. 조만간 오상오 작가님과 지리산행을 할 참임을 녀석이 어찌 알았을까.

물론 모두들 사이즈를 너무나 잘 알고 있다. 맨 끝 사이즈만 내가 선호한다는 걸 모두들 꿰뚫어 안다는 건 매우 중요한 일이다. 나는 소매나 바짓단 심지어 주머니 끝단 솔까지 해져 너덜거릴 때까지 입고 다닌다. 지금도 그렇다. 한번 입기 시작하면 계속 입게 되는데, 그건 그저 내 눈에 잘 띄는 곳에 그 옷이 놓여있기 때문이다.

눈썰미도 없고 패션제로건만 내 나름의 패션이 없을 리 없다. 내 패션은 좀 구겨진 옷이어야 한다. 그래야 편하다. 양복이든 점퍼든 소매를 척척 접어올릴 수 있는 옷이어야 한다. 바지는 다리미질로 날카롭게 날이 서지 않은 옷이어야 하고, 그것도 헐렁해야 마음이 편해진다. 이 자유의 거지옷에 난 하나를 덧씌운다.

그건 웃음이다. 헤프게 웃음으로 가장하여 나의 덮개들의 단점을 최대한 보완한다. 아니 희화화시킨다. 이 바보웃음이 내 옷의 결점을 조금이라도 가려준다면 난 홀딱 벗어도 좋다. 그게 뭐 대수인가. 배가 좀 튀어나와 그렇지, 이 나이에 무슨 체면이 있겠는가. 난 참 그렇다.

이 지구상에서 제일 옷을 못 입는 바보시인이 맞다.

알의 꿈

1

보인다. 아니 본다. 거기, 한 점이 있음을. 그것은 태초의 눈이다. 그것은 영원히, 있는 그대로 거기에 존재한다.

그러던 어느 날 불현듯 그 어떤 흐름이 느껴지기 시작한다. 가없는 흐름이다. 뭔가 새로운 느낌이다. 대체 그것은 뭐란 말인가. 그 의문으로 하여 마냥 설레기 시작하는 것은, 그리움일까. 딱히 무어라고 달리 설명할 방법이 없으므로 그렇다고 하자.

하지만 아직도 거기엔 고요한 눈뜸만이 깊은 곳 한가운데서 오랜 침묵으로 존재할 뿐이다. 그렇게 얼마의 시간이 흘렀을까. 아니 시간조차도 그곳엔 없었을지 모른다. 다만 어느 순간 그 태초의 눈은 자신을 흔드는 어떤 소리를 들었다는 것뿐이다. 그 소리로 하여 태초의 눈은 스스로가 조용히 흔들리고 있음을 분명히 느낀다. 아니 그것은 깨달음과도 같은 것이다. 문득 스스로에 의해 홀연히 자신을 느끼고 깨닫는, '자의식의 눈뜸' 바로 그것인!

그렇다면 어딘가에 그 태초의 눈을 흔드는 영혼의 소리가 있다는 것일까. 가까이 듣고자 하면 더욱 멀어지고, 멀리 듣고자 하면 더욱 가까워지는 그 영혼의 소리는 과연 무엇일까.

방금 전에 말했듯이 그건 그리움이 아니었을까. 오롯하나 오롯하지 않은, 그리하여 그 무엇인가를 간절히 부르고 싶은, 한없는 그리움 같은 것이 아니었을까.

그렇다. 그때부터 어디선가 그 그리움에 답하는 영혼의 소리들이 서로가 서로를 향하여 밀물처럼 고요히 밀려들었다. 비록 조심스러우나, 그 영혼의 소리들엔 만남의 호소가 간절히 담겨있었다. 얼마나 많은 시간들이 그들 곁을 지나갔는지, 또 얼마나 많은 영혼들이 서로를 꿈꾸었는지는 그들도 까마득히 모르면서, 그들은 흐르고 또 흘렀다. 그렇게 그들은 만났고, 만나면서 헤어졌다. 그리고 다시금 만나 서로를 아득히 끌어당겼다. 팽팽한 긴장이 서서히 그리고 더욱 빠르게 고조되어 갔다.

2

마침내 모든 것이 멀고도 깊은, 소리 없는 물결의 흔들림으로 다가와, 서로를 격렬히 끌어안으면서 저 아득한 절정의 끝에 이르렀다.

대폭발! 그 후, 대폭발은 상상조차 할 수 없는 또 다른 폭발을 몰고 왔다. 끝없는 팽창과 연속적인 폭발이 낳은 것은 바로 혼돈이었다. 그 혼돈은 도무지 뭐가 뭔지 모를 캄캄함이었다. 다만 있는 것이란 빠르게 돌아가는 소용돌이의 작용뿐이었다. 그 캄캄함 속에서 알 수 없는 눈들이 서로를 견제하고 몰아치고 끌어당기면서 저도 모르는 새로운 세계를 꿈꾸기 시작했다. 무엇을, 왜, 꿈꾸었는지는 그들도 까마득히 몰랐다.

3

그리하여 의문들이 태어났다.

?

?

…….

4

자꾸만 떠오르는 의문… 이 아름다운 의문…?

그것은 한 점의 자의식이었다. 거기에 '나'라는 존재의 '그'가 있었다. 비로소… 그렇다. 그는 존재했다. 그리고 우주의 아득한 소리를 존재함으로써 들었다. 그는 터질 듯한 빛나는 자유로움으로, 저 캄캄한 공간과 시간 속을 무한대로 날았다.

만남. 헤어짐. 그리고 또 만남. 어둡고 긴 우주의 통로를 통해 새로운 생명의 눈뜸이 영속적으로 뻗어갔다. 그곳에서 그는 자유였다. 그는 거기 자유로운 창조의 한 덩어리였다.

'만남과 헤어짐은 서로의 끝이 아니다. 그것들은 전체의 하나로 이어져 있다.'

어디선가 그는 그런 소리를 들었던 듯하다. 그러나 그 소리가 어디에서 오는지는 알 수 없었다. 무엇 하나 분명한 것은 없었다. 하지만 그가 만난 모든 것들은 질서를 가지고 움직였다. 그의 작은 우주엔 수많은 별들이 아름다운 빛으로 태어나 명멸했다. 어떤 빛은 또렷하고 밝게! 어떤 빛은 보다 강한 충격으로!

그랬다. 그것들 모두는 경이로움 속의 환희! 경이로움 속의 새로운 눈뜸들이었다!

5

과연 그것들은 어디에서부터 오는 것일까. 그는 그것들이 던져주는 빛을 향해 날아갔다. 그리고 생각했다.

'그것들은 어디에서 오는 것일까.'

그 생명의 아주 작은 덩어리가 또 다른 별의 영혼임을 느낀 것은 바로 그때였다. 그는 무엇인가 애쓰고 있었고, 새로움에 대한 열망으로 들떠있었다. 그것은 어떤 아픔과 함께 시작되었으며, 참으로 오랜 날을 참아내는 기다림이 필요했다.

드디어 그는, 그의 영혼이 빠른 빛으로 날아가고 있다는 느낌을 받았다. 그러자 캄캄하고 고요하던 우주가 찢겨지면서, 그는 어떤 고통의 막을 뚫고 강하게 튕겨져 나갔다.

아아, 거기엔… 그가 앞으로 살아가야 할 어떤 세계가, 조용히 '열린 마음의 둥지'로 그를 기다리고 있었다.

6

이제 그는 하나의 둥근 알이었다. 두려움이 찾아들었다. 하지만 모든 것이 신비롭게 진행되고 있었다. 그것은 따뜻함 속에 존재하는 새로운 창조의 과정이었다. 그는 그 새로운 창조의 과정을 중단시킬 수가 없었다. 어느 누가 그 창조의 힘을 함부로 멈추게 할 수 있단 말인가. 한없이 따뜻하고 부드러운 그 힘은, 그를 저 알 수 없는 미지의 세계로 강하게 밀어낸, 어떤 위대한 존엄의 힘이었기에.

그는 알속의 부드러운 출렁임으로 두려움을 나타냈다. 새롭다는 것은 그만큼 낯설고 외로운 것이었다. 그는 그 이전의 혼돈이 만든 별들의 아름다움 속에 영원히 존재하기를 바랐다. 그러나 그곳은 이제 그와는 영원히 이별이었다. 그곳은 다시는 돌아갈 수 없는 머나먼 저쪽이었다.

7

'두려워 말아라.'

그는 깜짝 놀랐다.

'두려워하지 말아라. 너는 이제 날개를 가지게 될 터이니.'

그는 그때부터 뭔가에 의해 울렁이기 시작했다. 그 울렁임은 차츰차츰 희미한 윤곽으로 살아나 섬세하게 그의 부분들을 이루어갔다. 과연 그는 무엇이 되어 가는 것일까. 아무튼 무엇이 되어 가고 있는 것만은 분명했다. 가느다란 실핏줄이 끊임없이 이어지고 흐르면서 심장과 눈과 부리와 날개 그리고 발톱이 생겨나기 시작했다.

그래, '새'이다! 그는 새가 되어가고 있는 것이었다.

'용솟음치는 생명의 신비여.'

그는 기쁨으로 또 다시 울렁였다. 그렇게 울렁이면서 그는 껍질 속의 가장 깊은 곳 한가운데서 그를 서서히 팽창시켜 갔다. 비록 어두웠지만, 그가 자리한 곳은 가장 깊은 핵심이었다. 또한 새로운 우주였다. 그리하여 별들은 다시금 태어났고, 그 별들의 영혼들이 온누리의 기쁨으로 빛나기 시작했다.

8

저 껍질 바깥에선 어떤 소리가 이따금씩 들려왔다. 날개의 퍼득임 소리인가? 아니었다. 그 소리는 간절한 기도가 담긴 소리였다. 그 소린 오랜 시간을 인내하며 기다려온, 따뜻한 사랑이 깃든 모성의 소리였다.

그렇다면 그를 그토록 오래 잉태하고 감싼 존재는 과연 무엇일까. 대체 무슨 이유로 그 존재는 이 일을 해내는 것일까. 또 어디에서 그 힘이 그에게로 오는 것일까.

9

이제 그의 소우주는 '그'로 꽉 차서 더 이상 그를 움직이기에 거북스러워졌다. 그때부터 그는 알 수 없는 또 다른 세계에 대한 꿈으로 설레기 시작했다. 새로운 세계에 대한 끝없는 동경. 그 생명의 참을 수 없는 부풂 때문에, 그는 그 어떤 무엇인가를 시도하지 않으면 안 되게 되었다.

그의 자아는 이제 완전하고 통일된 전체를 향해, 아니 통일된 전체로서의 '나'로 느껴지기 시작했다. 이제까지 그를 감싸고 통제한 것들을 떠나, 그는 자유로운 한 마리 새로서 그의 자리를 떠나야 할 때가 왔다는 생각이 들었다.

그러나 아직도 그는 저쪽 세계로 가는 길을 알지 못했다. 왜냐하면 그 길로 가는 길은 뚜렷한 지향점 그리고 용기를 지닌 확고한 의지가 필요했으므로. 그는 그것을 찾기 위해 오랜 시간을 곰곰이 생각하고 또 생각했다. 그리하여 그는 마침내 그 지향점을 향한 의지가 어디에 있는가를 분명히 깨닫게 되었다.

그는 그 어떤 존재를 향하여 마음의 귀를 활짝 열었다. 그러자 놀랍게도 그 어떤 존재의 영혼이 그를 조용히 흔들어왔다.

10

얘야. 넌 한 마리의 새란다. 그것도 히말라야의 새로서 너는 태어나게 될 게다.

11

그는 스스로의 힘으로 그 소리를 들었다. 그 소리는 최초로, 그를 저 세상 밖의 뚜렷한 새의 존재로 있게 하는, 거룩한 존엄이라는 것을 알게 되었다. 부드럽고도 자애로운 그 소리는 계속되었다.

12

알을 깨고 나온다는 것은 무척이나 외롭고 힘드는 일이지. 하지만 그 일은 네 스스로가 하지 않으면 안 돼. 그동안 너는 얼마나 많은 시간을 인내해왔는지 몰라. 앞으로도 넌, 한 마리의 완전한 새가 되기 위하여 또 얼마나 많은 시간들을 참고 기다려야 하는지를 모를 게다. 하지만 히말라야는 안단다. 히말라야는 네가 성장할 수 있도록 늘 언제고 많은 이야길 들려줄 거야. 신비하고 장엄한 침묵의 소리를 말이다. 가장 신성한 땅과 하늘이 들려주는 그 이야기를 너는 마음 깊이 받아들여야 해. 그게 바로 네가 열어야 할 세계의 이야기이기도 하니까.

13
히말라야!
침묵의 소리?

14
그 어떤 시련이 닥치더라도 용기와 희망만은 잃지 말도록. 그러면 넌 언제나 변함없는 저 히말라야의 만년설처럼 빛나는 새가 될 거야. 날개를 활짝 편 한 마리 새로서 저 푸르디푸른 창공을 향해 날아오르는 모습을 한번 상상해보렴. 얘야, 결코 두려워해선 안 된다. 너는 외로운 새이지만 그러므로 더욱 꿈 많은 새이기도 하니까.

15
이상하다. 이 소리는 저 세상 밖의 소리가 아니었다. 그 소리는 분명 그의 영혼 속에서 울려나오는 깊고 깊은 침묵의 소리였다. 장엄하고도 깊은 침묵, 그것은 히말라야가 그에게 일깨워주는 생명의 소리였다.
그로부터 그는 침묵이 되었다. 그는 그 어떤 소리로부터도 까마득히 멀어졌다. 아무것도 생각나지 않았다. 망각의 강이 그의 영혼 한가운데를 조용히 흘러간 듯했다. 그러자 그는 이때까지의 모든 일을 까마득히 잊었다. 그리고 누에고치 속의 번데기처럼 몸을 웅크린 채 잠이 들었다. 이제 그는 알 속에서 다 자란 것이다.

이제 그는 고요한 꿈속에 갇힌 어린 새였다. 그는 열망하는 영혼의 날개를 달고, 끝없이 저 하늘을 꿈꾸는 히말라야의 어린 새였다.

16

깊은 잠은 그의 세계를 더욱 깊게 했다. 하지만 깊은 잠결에도 그는 그가 무엇을 어떻게 해야 하는지를 무심결에 깨닫고 있었다. 단단한 껍질이 그를 감싸고 있는 한, 그는 오로지 한 개의 알일 뿐이었다. 단지 그는 그 알 속에 갇힌 어린 영혼일 뿐이었다.

'아니다. 여기가 아니다. 내가 있을 곳은… 여기가 아니다. 어딘가에 분명히, 나를 기다리는 또 다른 세계가 있을 것이다.'

17

그는 퍼뜩 잠이 깨었다. 그리고 연한 부리를 들어 조심스레 알껍질을 톡톡 두드리기 시작했다. 첫 두드림의 신호음이 울렸다. 그의 간절한 소망이 저 알 수 없는 미지의 세계를 향하여….

'힘찬 약동이여. 저 드높은 창공을 향하여 마음껏 자유의 날개를 펼치게 될 날. 그 환희의 비상이 비록 쓰라린 상처를 안겨줄지라도, 나는 결코 그 비상을 멈추지 않으리.'

18

시간은 흘러갔지만 껍질은 깨어지지 않고 있었다.

'아직도 이 껍질은 완강히 버티고 있구나. 나는 이 껍질을 깨뜨린다는 생각에만 몰두해있었어. 껍질은 내가 깨뜨려야 할 대상이 아니야. 껍질은 나를 향해 스스로 자신을 열어야 하는 거야. 나는 그걸 몰랐어.'

그때, 그는 보이지 않는 어떤 존재의 간절한 기도소리를 들었다. 그 기도소리는 한없는 사랑과 순결한 이상을 품은 소리였다.

19

히말라야의 침묵이여

들으소서

이제야 비로소 당신에게 한 생명을 보냅니다

그는 당신의 마음 안에 깊이 머무는 새입니다

아직은 미완성뿐인
의문투성이 새이지만
그 의문으로 하여 그는 나날이 성장하리니
히말라야여
당신의 너른 품으로 그를 받아들이소서

그는 자유를 그리워하는 새이고
당신을 무한히 동경하는 생명의 숨결입니다
아무것도 소유하지 않으므로
더욱 자유로운 새인 그는
당신 곁을 영원히 살고
또한 당신 곁에서 영원히 죽을 것입니다

히말라야의 침묵이여
들으소서
그에게 당신이 만든 저 깊은 골짜기와 고요의 호수
긴 역사의 주름진 빙하를 보여주소서
그리하여 당신의 폭풍과 번개
눈보라와 무지개를 기꺼이 받아들이게 하소서
그는 오직 당신만을 두려워하고
당신의 오랜 침묵의 법을 따르게 될 것입니다

당신이 떠올린 태양이 노을 속으로 사라지기 전에
어서 그의 어린 영혼을
눈부신 빛의 세계로 나아가게 하여 주소서

자연의 섭리는
한 생명을
알의 꿈으로부터 새로운 미지의 세계로 나아가게 합니다
그것은 열망의 몸짓이오니
받아주소서
어디로든 가야할 길이 있기에
새들은 희망의 부푼 날개를 저어갑니다
설렘의 날개는 당신을 경외하고
당신 뜻에 따라 가없는 하늘을 날게 되리니
히말라야여
당신의 오랜 침묵으로 빚어낸
당신만의 아름다운 메아리를 보내주소서
그리하면
당신의 마음 깊은 곳에 머무는 새는
강과 언덕과 평야
그리고 깊은 골짜기와 산맥을 넘어
저 무한대의 자유를 향해 비상할 것입니다

열어주소서

히말라야여

나의 기도는 당신 뜻에 따라 영원하오니

그의 자유와 비상을 지금 허락하소서

20

그렇다! 어머니였다! 이때까지 그를 인내하며 키워낸 존엄의
존재는, 바로 어머니였다!

21

"어머니이…"

그는 어머니를 외쳐 불렀다.

'어머니'는 배움으로써 부를 수 있는 소리가 아니었다. 어머
니란 말은 스스로 열리는 영혼의 소리였다. 그 모음의 소리는
문득 그 앞에 홀연히 나타나서 빛나는, 사랑이 담뿍 담긴 생
명의 언어였다. 드디어 어머니의 간절한 기도와 그의 외로운
부름이 두터운 벽을 뚫고 만났다.

"어머니!"

그가 어머니를 불렀을 때, 그때까지 그토록 완강히 버티기만
하던 껍질에 조금씩 금이 가기 시작했다. 금이 간 틈새로 한
줄기 가느다란 빛이 스며들었다. 아주 맑은 빛이었다. 그 빛은

넘치는 생명 그 자체로서 어둠의 알을 깨는 무한한 힘이었다.

마침내 알이 깨어졌다. 순간 눈부신 빛이 가득히 쏟아져 내렸다. 더불어 숨이 막힐 정도로 맑고 찬 공기가 솨아 밀려들었다. 그것은 히말라야가 주는 생명의 첫 숨결이었다. 그러자 그의 내부는 차고 시린 생명의 숨결로 빠르게 퍼져갔다.

그는 설레었고, 무언가 간절히 그리웠으며, 무언가 뜨거운 열망으로 가득 차 울렁였다. 그는 드디어 깨어난 것이었다. 그는 드디어 새로운 미지의 세계로 부리를 내어 민 것이었다.

아아, 거기에 어머니가 있었다. 찬란한 눈부심으로 우뚝 선 어머니가 그를 말없이 굽어보고 있었다. 숱한 날의 낮과 밤을 지새우며 아기새를 품어낸 위대한 히말라야의 어머니!

제 딸이 이상해졌습니다. 정토수련원에 제 혼자 다녀와선 엄마에게 "네네" 하며 다소곳이 공손해졌고, 어질러졌던 자기 거처를 꼼꼼히 하나하나 정리해나가기 시작했습니다. 엄마와는 허물없이 생활하던 아이였으니까요. 도대체 무엇이 우리 딸을 변화시켰을까요. 어떤 변화가 딸의 마음에 혁명을 가져왔을까요. 늘 신선한 아이디어로 내게 조그만 충격을 주곤 하던 SM이 어떤 토끼로 이 세상을 바라볼지 자못 흥미진진합니다.

토끼소녀 SM(딸의 이니셜).

우리가 모르는 세상을 눈 똑바로 뜨고 내다보는 이 자그마한 소녀가 꿈꾸는 세계는 동화일까요, 아니면 평범한 일상일까요. 궁금합니다.

자식을 둔 부모로서 뭐라고 충고와 조언을 주어야 할지 모르겠습니다. 이 세상 모든 부모가 할 수 있는 유일한 일은 그냥 지켜봐주고 미소를 지어주는 일밖엔 없습니다. 그게 제 생각이긴 하지만 확실한 신념은 아닙니다. 부모자식 간은 이성과 신념과 목적의식 같은 것보다는 말로는 설명할 수 없는 즉시적 감정의 교류에 더 가깝기 때문입니다.

저는 올빼미로 변신한 토끼와 좀비토끼의 그림을 보며 말합니다.

"아 니가 서른을 훨씬 넘겼구나. 애야 시집은 언제 갈래? 저기 초원의 사자 한 마리가 어슬렁어슬렁 게으르게 걸어오고 있는 거 보이니?"

일요일입니다. 춘천에 와서 가족 생각에 잠긴 날입니다. 날이 저물면 네 식구가 오랜만에 밥상에 앉을 겁니다. 모처럼 누려보는 아주 사소한 즐거움입니다.

인형시인 황효창

황효창. 그는 70~80년대 암울한 시대의 고독한 시인이었다. 황효창은 민중예술을 태동시킨 작가였으나, 언제나 그의 그림은 고요하고 어둡고 깊었다. 여타의 민중예술처럼 고함과 분노를 외치지 않았다. 분노하기보다 내면의 고독을 들여다보았고, 서러운 민중의 쓸쓸함을 우리에게 조용히 보여주었다.

차라리 그는 슬펐다. 그는 아웃사이더로 평생을 살았다. 화려한 조명을 받는 몇몇 민중예술가의 정치적 수사修辭와는 거리가 멀었다. 그는 그늘이었고 말없는 인형이었다. 술병 속에 숨어 고독한 인형이 되어 울었다. 때로는 버림받은 인형들이 어두운 골목에서 걸어 나와 아무도 없는 텅 빈 광장에서 비틀거리며 놀았다. 슬프게 악을 쓰고 노래했으나, 아무 소리도 들을 수 없는 무언의 연주였다. 입이 닫힌 시대에 그가 나타낼 수 있는 가장 처절한 몸부림 같은 것이기도 했다. 달빛 푸른 그림자만이 길게 땅 위를 뉘었다. 헐벗고 억눌린 시대를 그는 그렇게 상처 받으면서 견뎌왔다.

그러나 그는 90년대 들어 새로운 변모를 시도하기 시작했다. 고깔을 쓴 그의 인형들은 입에 두른 마스크를 벗어던졌다. 6개의 다리를 가진 거대한 짐승 밑에서 트럼펫을 불고 북을 치고 기타를 뜯었다. 창백한 달은 밝은 색조의 시계가 되어 떠있었다. 튤립 속에서 인형들이 태어나 춤을 추었다. 별밤 속을 새들과 함께 인형들이 날았고, 가을산은 온통 만산홍엽으로 붉어서 그리웠고, 그 아래 호수에선 인형들이 배를 타고 놀았다. 백마를 탄 인형들이 별을 따러 떠났다. 회백색과 청색의 어두운 건물들이 좀 더 밝아지면서 어디선가 트럼펫과 북과 기타와 색소폰을 든 인형들이 걸어 나와 아름다운 음악을 연주했다. 그는 분명히 달라져 있었다.

과연 황효창은 달라져 있었던 것일까. 그의 삶이 과연 아름다워진 것일까. 하지만 황효창은 황효창이었다. 그는 꿈꾸는 소년이었고 쓸쓸한 방랑시인이었지만, 결코 시대를 외면하지 않았다. 그의 내면의 분노는 한 손에 든 영혼의 촛불처럼 타올랐다. 세월호의 가련한 학생들 죽음 앞에 그는 침묵하지 않았다. 그에겐 사랑이 있었다. 그에겐 함께 보듬어야 할 사람인

인형들이 있었다. 거리의 악사처럼 불러야 할 노래가 있었다.

황효창의 그림엔 40여 년 동안 그려낸 그의 꿈과 암울함 그리고 동화적인 이야기와 꽃과 별, 잊을 수 없는 노래들이 눈물처럼 담겨있다.

그의 그림을 내 어찌 눈물로 바라보지 않겠는가. 내 어찌 사랑 한 송이 마음속에 꽃 피워 그의 노래를 듣지 않겠는가.

전설

어제 아침 애막골 번개시장에 딸 SM과 두부를 사러 나갔을 때, SM이 불쑥 꺼낸 이야기.

"아빠 전설의 술집을 아세요?"

"전설? 옛날얘기냐?"

"아뇨, 지금도 있을 거예요. K대 근처예요."

"상호가 '전설'이야?"

"네, 대학 다닐 때 한 번 가봤어요."

"지금 찾아갈 수 있겠니?"

"아뇨, 벌써 14년이 넘었어요. 스무 살 때니까… 술꾼이라면 거기 한 번 가봐야 한대요. K대 주당은 모두 거기 있어요."

"전설 같구나."

"큭큭 골목이 이상하게 생겼어요. 어디가 어딘지 모르겠더라구요. 지금 그 골목이 너무 아련해요. 그 술집에 다녀오곤 술 끊었어요."

"왜?"

"전 술꾼이 되기엔 많이 부족해요."

"호오~"

"근데요. 제가 가본 전설은 제2의 전설이래요."

"그럼 원조 전설이 있단 말이야?"

"네. 유감스럽게도 제1의 전설은 사라졌대요."

"응?"

"고양이 때문에요. 그 집엔 늙은 고양이가 있었는데 그 고양이가 지붕을 몽땅 뜯어 먹어버렸대요."

"술을 너무 많이 마셨나보다. 그래서?"

"무너져 버렸죠. 뭐…"

"폭삭?"

"폭삭… 그게 제2의 전설 주막에 전설처럼 이야기되고 있어요."

"한번 가볼까. 우리…"

"못 찾을 거예요. 저도 거길 몇 번 가봤지만 못 찾았어요."

하지만 난 알고 있다. 녀석이 그곳을 얼마나 가고 싶어 하는

지를. SM 이 녀석은 거짓말은 절대 안 하는 녀석이다. 토끼 마법을 부려 수많은 토끼를 생산하여 주체를 못하긴 하지만. 그 전설의 술집에 가면 곤드레만드레 이상한 토끼들이 무슨 소동인가를 벌이고 있을지 어찌 알겠는가.

나는 힐끗 SM을 바라봤다. SM은 깊은 생각에 잠겨있었다.

이 계집애 미친 거 아냐?

오늘은 일요일. 맑고 서늘한 가을 아침이 따스해 잠시 바깥을 나갔어. 내가 사는 허름한 아파트엔 교회당이 있지. 댕그랑댕그랑 종을 울려주면 얼마나 좋겠어. 아주 고요해. 아침이슬로 말끔히 세수를 마친 가을 햇살만이 가득히 몰려와 놀고 있군.

황금나팔꽃아 나팔을 불어야지, 금잔화야 넌 그늘에서 좀 나오렴, 부추꽃아 넌 왜 혼자 흔들리고 있는 거니? 어라 하늘에 UFO가 쌍으로 떴네? 가만히 눈길 들어보니 가관치가 않아. 벌써 햇살은 슬며시 옆으로 비껴나 푸른 그늘들과 땅따먹기 놀이를 벌이고 있잖아.

그런데 내 어릴 적 계집애는 보이지 않았어. 그 앤 한쪽 다리를 절었어. 그래서 늘 하늘이 기울어져 흔들린다고 했어. 그 애 집은 내 집 근처에 있었지. 우리와 좀 떨어진 교회당은 낡고 외로운 종루鐘樓 하나를 데리고 살았어. 그 종루에서 아침 저녁으로 종이 울렸어. 십자가는 높지 않았고 댕그랑댕그랑 맑은 종소리만 울려 퍼졌지. 마을의 비좁은 골짜기와 산기슭을 돌아 돌아 들판 저 멀리까지 들리도록 말야. 계집애와 난 자주 교회당을 갔지. 하지만 교회당 안엔 들어가지 않았어. 우린 종루 밑에서 불알 달린 종을 쳐다보면서 히히덕거렸지.

"종은 남자야."

내가 그러면 계집앤 이렇게 말했어.

"종은 엄마야."

그럼 내가 "불알 달린 엄마도 있니?" 하고 팔뚝질을 했지.

"그럼. 사내를 품은 거네 뭐."

계집애는 낯빛 하나 안 바꾸고 아주 어른스럽게 대꾸했어. 난 그런 계집애가 얼마나 얄미웠는지 몰라. 그때를 대비해 난 비장의 무기를 꺼내곤 했지.

지금 생각하면 치사한 구석이 있었어. 난 천천히 호주머니에서 누깔사탕을 꺼내지. 눈깔사탕이 아니야. 누깔사탕이야. 공깔 좀 쳐서 종루의 쇠불알만 해. 난 그걸 입에 처넣고 침 흘려가며 굴리지. 그럼 계집애가 내 볼따구를 그윽히 쳐다봐. 난 종루도 쳐다보고, 하늘구름도 쳐다보고, 교회당 꽃밭에 숨은 방아깨비도 힐끗힐끗 쳐다보지. 굵은 누깔사탕이 거의 반쯤 녹아가도 계집앤 한마디도 하지 않아.

난 그런 계집애가 한없이 밉고 한없이 측은해보였지. 결국 난 악당은 못 되었나봐. 난 마지못해 이제는 쥐똥나무 열매만큼 녹아버린 침 묻은 누깔사탕을 계집애에게 건네는 거야. 계집앤 말없이 그걸 받아 조그만 입술 안으로 조심스레 집어넣지. 그 앤 신기하게도 오래오래 그 누깔사탕을 굴려대면서 빨아먹는 재주가 있어.

어느 날 나는 그걸 참을 수가 없었어.

"이젠 그만 빨아. 내놔."

계집애의 입안에서 녹던 그 누깔사탕을 건네받은 난, 눈을 부라리며 그걸 굴렸지. 달콤한 지구라고 해야 하나? 그 타액의 맛은 내가 이때까지 경험해보지 못했던 맛이었어. 난 왠지 그 계집애가 죽일 듯이 미웠어. 난 이빨로 사탕을 깨물어 버렸지. '와삭' 누깔사탕이 아프도록 내 입안에서 부서졌어.

참 오랜 세월이 흘렀어. 구름이 얼마나 많이 그 교회당 종루 위를 흘러갔을까. 나는 세상 속에 묻혀 그 계집애를 까마득히 잊고 살았지. 가을이 깊은 날, 난 문득 그 교회당 종루가 보고 싶었지. 그래, 난 구름처럼 갔어. 하지만 종루는 없고 그 자리엔 금잔화가 가득히 피어있었어. 그런데 놀랍게도 그늘진 금잔화 한 송이가 나를 부르는 거야.

"왜 이제 오니? 난 널 지금껏 기다렸잖아."

아아 이 계집애 미친 거 아냐? 그 앤 아주 희미하게 웃고 있었지. 난 호주머니에서 누깔사탕을 꺼내 오래오래 빨았지. 그리고 반쯤 녹은 누깔사탕을 희미하게 웃고 있는 계집애에게 건넸지. 계집애는 흔들렸고 하늘이 조금씩 기울어지고 있었어. 난 어지러워 그만 주저앉았지. 구름이 내 마음을 알았는지 잠시 금잔화 위에 낮게 머물다 지나갔어. 난 분명히 댕그랑댕그랑 먼 교회당 종소리를 듣고 있었어.

어찌 이 계집애는 늙지도 않고 그 모습 그대로인 거지?

저녁엔 집으로 돌아가야 한다. 돌아가면서 새들이 서둘러 둥지로 돌아가는 모습을 보아야 한다. 지나는 길에 선술집 대포나 한잔할까. 어쩌면 그 옛날 가스등 불빛 아래서 함께 우울하게 술잔을 기울이던 애인 하나 문득 그리워져 어느 담벼락에 쓸쓸히 기대어있을 때, 그의 이름을 가만히 떠올려 보아야 한다.

사랑한다. 이름도 잊은 그대여.

이렇게 마음으로 저녁편지를 써야 한다. 60년대의 장면을 지겹도록 되풀이해 묘사한 이 상투적인 저녁편지가 엘리엇의 시 말마따나 과연 무슨 의미가 있을 것인가. 다만 저녁이, 저녁의 고즈넉함이 장 그르니에의 〈섬〉처럼 고독한 것이라면, 나는 어디선가 나를 부르는 고양이 울음소리를 들어야 하지 않겠는가. 푸른 이내 서린 어느 부두의 고동소리를 들어야 하지 않겠는가.

나는 아무 의미 없이 태어나 어딘지도 모르는 길을 가는 새일지도 모른다.《나그네는 길에서도 쉬지 않는다》는 이제하의 소설 속에 잠시 잠겨볼까. 흥행에 실패한 영화의 주인공이 되어 이젠 아주 하찮은 풍경 하나로 색깔이 희미해지도록 나를 바래어볼까.

저녁편지는 너무 막연하고, 저녁편지는 너무 모호하고, 저녁편지는 너무 지쳐있다. 저녁편지는 비가 오고, 저녁편지는 메마른 눈물을 뿌린다.

라면공장의 높은 굴뚝에 내리는 눈은 그만큼 건조하고 무미하고 이미 허무를 터득한 피부의 각질과도 같다. 그렇게 자신의 몸을 함부로 땅에 던진다.

하지만 어찌 함부로 눈을 밟으며 골목길을 빠져나갈 수가 있겠는가. 저녁엔 제목 없는 시 한 편 이름 모를 이에게 보내볼까. 저녁엔 부서진 유리처럼 나를 깨버려 아무도 모르는 상처 하나 건드려볼까. 아프지만 그래볼까. 그래서 별을 그리워해볼까. 저녁엔 정말 오지 않는 잠을 청해 수천억의 수천억 개중 하나, 그 먼지보다 더 작은 별 하나, 그 누구도 셈에 넣을 리 없는 잊힌 별 하나로 오롯이 남아 캄캄한 우주에서 오스스 떨어볼까. 대체 무슨 별인가.

먼 훗날에 나는 어디에선가
한숨을 쉬며 이야기 할 것입니다
숲 속에 두 갈래 길이 있었다고
그리고 나는 사람이 적게 간 길을 택했노라고
그래서 모든 것이 달라졌다고

- 로버트 프로스트 〈가지 않은 길〉

문득 로버트 프로스트의 〈가지 않은 길〉에 당도하여 잠시 망설여본다. 어디로 갈 것인가. 어느 길이 내 길인가. 사람이 적게 다닌 길을 택하여 훗날 모든 것이 달라졌다고 후회할 것인가, 아니면 그 길로 하여 나는 행복했노라고 말할 것인가. 우린 또 어디에서 무엇이 되어 만날 것인가. 꽃인가, 나무인가, 바위인가, 빈 허공인가 아니면 어느 날 우리가 하나둘 세어보는 별인가. 대답 없는, 아무리 불러도 대답 없는 공허만이 존재하지 않겠는가.

그 무엇이 되던 그것은 과거도 아니고 현재도 아니고 미래도 아니다. 다만 존재하지 않을 뿐. 단지 우리가 아는 것은 여기에 놓인 생을 마감하기 위해 한 발짝씩 걸어갈 뿐.

저녁편지엔 허무가 숨을 쉰다
저녁편지엔 완성이 없다
저녁편지엔 오직 사위어가는 등불 하나만이 존재한다

3 슬픔이
   나를 찾거든

관계

한 사람이 죽었다. 미미한 죽음이다. 그는 세월호의 고혼을 기리는 노란리본도 단 적이 없고, SNS에 글 한 줄 올려 사회에 대한 울분을 토해본 적도 없다. 한 사람이 8월 14일 홀로 빈 방에서 피를 토하고 죽었다. 그는 공군을 제대했고, 아이 둘을 낳았고, 발명 일을 했다. 유수한 회사의 개발실 팀장으로 오래 근무했다. 독립하여 회사를 차렸으나 잘되지 않았다. 그가 개발한 유용한 상품은 야외 나들이 용품에서 쉽게 발견된다.

그는 53년생 육십을 넘긴 초로에 간이 부어 죽었다. 아내와는 이혼 아닌 별거를 하면서 살아왔다. 그는 그러면서도 늘 아내와 자식에게 미안해했다. 장모에게도 잘했고 처가식구에게도 정겹게 대했다. 키도 훌쩍 커서 거목 같은 풍채였고 미남이었다. 그러던 어느 날, 그는 외롭게 죽었다.

나의 매제 김환희.

한 사람이 난동을 부리기 시작했다. 요양원 집기를 부수고
다른 환자를 공격하고 잠을 자지 않았다. 몇 사람의 간호사
와 요양사들이 달려들어 제지했으나 그의 힘을 당하지 못했
다. 꼬부라진 정화조 환기통을 발로 차 부러뜨린 어머니가 아
닌가. 그니는 울면서 뭔가에 분노했고, 울면서 뭔가에 애절해
했고, 며칠 밤을 뭔가를 향해 울부짖었다. 요양원은 이 할머
니로 하여 총비상이 걸렸다. 그는 딸을 사랑하고 그 딸의 남편
을 몹시 사랑했다. 큰사위에게 많이 의지했고, 사위의 딸을 데
려다 키웠다.

나의 어머니 이꽃분.

사위가 혼자 고통스러워하면서 죽어갈 때 나의 어머니는 꿈
을 꾸었을 것이다. 뭔가 불안하고 뭔가 기분 나쁜 꿈을. 그때
부터였을 것이라 짐작한다. 분노가 치솟고 슬프고 원망스럽고
아프고 미안하고 후회와 절망이 한꺼번에 치밀었을 것이다.
나는 그렇게 생각할밖에 없다. 때맞춰 일어난 일을 나는 도무
지 이해할 수 없기 때문이다. 아무리 치매라지만 이토록 극렬
한 행동을 하리라곤 누구도 예상치 못했기 때문에.

한국을 방문한 교황의 모습을 인천화장터 대기실 티브이에서 보았다. 수백 명이 통곡하고, 수백 명이 담소하고, 수백 명이 때로는 웃기도 하는 죽음의 시장에서 나는 먼 교황의 행렬을 아무 의미 없이 지켜보았다. 교황의 은혜는 너무 멀었고 김환희는 하얀 뼈로 사위어갔다.

화장을 하고 돌아온 날 저녁, 나는 외로운 섬이 되어 꿈속을 떠다녔다. 어머니는 이제 진정이 되셨을까. 나는 오늘 가뿐하게 아침 6시에 일어났고, 조현정 시인이 6시 40분에 직접 가져온 복숭아 한 상자를 고맙게 받아들었다. 하늘이 흐리고 비가 부슬부슬 내렸다.

설

나는 설에 아무도 안 만날 줄 알았다. 시골에서 차례를 지내고 뭐에 쫓기듯 얼른 춘천으로 왔다. 어머니를 뵈면 죄스럽고 마음이 아프다. 노모에게 나는 한없는 죄를 지었다. 설은 늘 우울했다. 가족들이 슬펐다. 많은 말도 나누지 못했다.

"잘 되니?"

"응, 그렇지 뭐."

건성으로 묻고 건성으로 대답했다. 집에 와 방바닥에 누워 어머니를 생각하고, 동생들을 생각하고, 고단한 내 마누라를 생각하고, 군대 간 아들을 생각했다. 페이스북을 열면 복 받으라고 건강하라고 하는 인사들이 억새처럼 무성하게 나부꼈다. 나는 쓸쓸하여 또 부질없이 먼 날을 생각했다. 미래는 내가 알 수 없으므로 상상할 수 없었다. 구름처럼 흘러온 삶이 그리고 또 흘러갈 삶이 나는 아팠고 아플 것이다. 무덤에 누운 아버지는 대체 몇 천 년이 흘러야 아름다운 흙이 되어 뿌리를 키울 것인가. 그래서 이름 모를 풀 한 포기 되어 흔들릴 것인가.

아버지를 부르고 싶었지만 목이 메었고 나는 늙어있었다. 그런 자각이 들자마자 이런저런 독초들이 내 뇌를 점령하기 시작했다. 나는 머리를 흔들었고, 잡초가 바람에 뉘듯 휴대전화가 울었다. 내 멀고 먼 고향동생 대현이….

우린 주점에서 만나 양미리와 도루묵을 놓고 술을 마셨다. 설날 밤 집안을 견디지 못해 뛰쳐나온 군상들이 미꾸라지들처럼 바글거렸다. 주변이 너무 시끄러워 우린 목구멍의 볼륨을 최대한으로 올려야 했다. 그 안의 남녀 술꾼 모두, 밀물에 쓸리는 해변의 자갈처럼 와글거렸다. 모두들 그렇게 와글거리지 않으면 울 것 같은 표정들이었다. 우린 몇 군데를 더 돌아다녔고 새벽 3시에 귀가했다.

아침 10시에 일어나자 아내는 말없이 밥상을 차려주었다. 밥상 앞에 앉은 나를 보고 딸이 말했다.

"아빠는 죽고 싶은가 봐."

나는 아무 대꾸도 안 하고 밥을 조심스럽게 우겨넣었다. 국물이 짰다.

매미 울면 가을이 옵니다

매미가 한여름을 합창할 때 키 큰 미루나무 잎들은 하얗게 눈 뒤집어 자지러집니다. 산등성이는 늘 뭉게구름 피워 올리지만 불같은 한여름이 지고 있습니다. 입추立秋입니다. 선뜩한 바람 한 점 불어올 날이면 매미는 더욱더 그악스레 울어댈 겁니다. 매미의, 7년의 기다림과 일곱 날의 생이 가고 있습니다. 이제 우리는 먼 들판, 한 외로운 허수아비를 만나야 합니다. 바로 그가 나 자신의 모습이기 때문입니다.

제가 서울 남산 밑에서 살 때의 이야기입니다. 남산엔 여름부터 가을까지 매미가 극성스레 울어댑니다. 매미는 땅속에서 7년을 살다 나무에 기어올라 우화羽化합니다. 그리고 날개를 비벼 일곱 날을 웁니다. 제 몸의 날개가 다 닳아 망가질 때까지 온 생을 처절하고도 간절히 부르는 것입니다. 그 짧은 날을 한 번도 만난 적 없는 미지의 애인을 불러내어 사랑하고 알을 낳고 죽습니다.

어느 날 저는 남산 오르는 길 벤치에 앉아 하염없이 손바닥을 들여다보고 있는 한 청년을 발견했습니다. 청년은 노숙자였습니다. 서울역 근처 노숙자급식소에 가면 줄 서서 배식차례를 기다리는 그를 볼 수 있었습니다. 선한 눈매를 가진 그 청년은 다른 노숙자와는 달리 옷차림도 말끔하고 단정했습니다. 그는 몸이 불편한 늙은 노숙자를 늘 모시고 다녔습니다. 너무 쇠약한 늙은 노숙자는 청년이 타 온 식판 밥을 아주 눈곱만큼만 먹곤 했습니다.

그날 점심때가 지나고 매미들이 마지막 힘을 다해 울고 난 후 이상한 고요함이 흘렀습니다. 가을이 오고 있는 징조였을까요? 청년의 이마에 플라타너스 잎 그늘이 어른거렸습니다. 웬일인지 그 모습 위태로워 보였습니다.

자신의 손바닥을 들여다보고 있는 이유가 대체 뭘까요? 지나다 걸음을 멈추고 저도 청년의 손바닥을 건너다보았습니다. 손바닥엔 죽은 매미가 들려 있었습니다. 일곱 날의 생을 다한 죽음이 있었습니다. 청년의 손가락이 가늘게 떨렸습니다. 그때 플라타너스 높은 가지에서 '푸륵' 하는 소리와 함께 매미 한 마리가 힘없이 날아내렸습니다. 아니 그것은 추락이나 다름없었습니다. 땅 위에 힘없이 떨어진 그 매미는 날개를 부르르 떨었습니다. 그리고 날개의 떨림을 멈추고 이내 잠잠해졌습니다. 청년은 조심스레 다가가 매미를 손가락으로 집었습니다. 야윈 엄지와 검지로 집어낸 매미를 청년은 한참이나 물끄러미 들여다보았습니다.

"저 잠깐 다녀와야겠어요."

청년이 늙은 노숙자를 향해 한 말입니다. 긴 벤치에 누운 쇠약한 늙은 노인은 대답 없이 손을 흔들어주었습니다(그래 알았네, 다녀오게). 청년은 낡은 가방을 메고 늙은 노숙자 곁으로 다가가 귓속말로 속삭였습니다.

"여기서 죽으면 안 돼요. 제가 올 때까지 살아계셔야 해요. 시간이 좀 걸릴 거예요."

그러자 늙은 노인이 온 힘을 다해 대꾸했습니다. 거의 들릴락말락한 소리였습니다.

"그래, 그래. 볕이⋯ 너무 좋아⋯."

청년은 떠났습니다. 뒤를 몇 번씩이나 돌아보았는지 모릅니다. 저는 청년이 눈치채지 않게 조심하며 뒤를 따랐습니다. 청년은 가다가 멈추고 가다가 멈추기를 여러 번 했습니다. 손엔 여전히 죽은 매미 두 마리가 들려있었습니다. 청년은 이따금씩 걸음을 멈추어 손바닥 매미를 들여다보고, 길 떠나온 남산을 물끄러미 뒤돌아보곤 했습니다. 번다한 남영역과 용산역을 피해 한적한 골목길을 택해 길을 걸었습니다. 청년의 걸음은 너무 느렸고 흐느적거렸고 바람에 옷깃이 펄럭였습니다. 걷는다기보다 차라리 정지하거나 조용히 흐르는 듯했습니다. 아마 청년은 저에 대해 낌새를 채고 있었는지도 모릅니다. 어느 땐 한눈을 팔다 청년을 잃어버린 적도 있었습니다. 하지만 느린 걸음의 청년을 어렵지 않게 찾아내곤 반가운 나머지 이렇게 속으로 중얼거렸습니다.

'자네 걸음처럼만 산다면 시간은 마냥 느려져 수백 년도 더 살겠구먼.'

이윽고 당도한 곳은 한강대교였습니다. 노들섬이 중간에 위치한 가슴 아픈 사연이 깃든 다리입니다. 1950년 한국전쟁 당시 이승만은 서울 함락이 눈앞에 이르자 줄행랑을 놓으면서 한강철교를 폭파했습니다. 다리를 건너던 피란민들이 500명도 넘게 몸이 분해되거나 추락하여 한강에 수장되었습니다.

"나는 서울을 꼭 지킬 것입네다."

이것이 이승만이 남긴 라디오 육성이었습니다. 몸은 이미 대전에 가있었으나, 이승만의 어눌한 목소리는 계속 서울 하늘에 울려 퍼졌습니다. 한강 북부에 남아있던 국군도 퇴로가 막혀 엄청난 피해를 보았습니다. 그런 곳입니다. 그래서일까요. 한강대교는 자살을 결심한 사람들이 투신하기 좋은 장소가 되었습니다. 설마 저 사람이….

저는 멀찍이서 청년을 바라보았습니다. 난간 바깥으로 내민 두 손에서 매미 두 마리가 날았습니다. 참 잘도 나는구나. 한참 동안 날아가는 모습을 바라보던 청년은 가방을 주섬주섬 뒤져 봉지에 싼 것들을 날리기 시작했습니다. 그건 모두 죽은 매미였습니다. 한 떼의 매미 떼가 자욱이 한강 위를 뒤덮었습니다. 그때 저는 분명히 수백수천 마리의 매미가 우는 소리를 듣고야 말았습니다. 매미는 죽어서도 운다는 걸 그때 알았습니다.

이튿날 아침. 이름도 없는 한 늙은 노숙자가 남산 벤치에서 사망했다는 티브이 보도가 있었습니다. 청년이 되돌아가 늙은 노숙인의 임종을 지켜보았는지는 알 수 없습니다. 다만 생이란 매미와도 같은 것이어서 어디서 와서 어디로 가는지를 모른다는 것뿐입니다. 그것이 서러워서 매미는 죽어서도 웁니다.

"나는 아름다움이라는 위대한 태양 아래에서 햇볕을 쬐며 하루를 보내는 문학 도마뱀에 불과하다"라고 1846년 플로베르는 썼다. 100년 후 나는 태어났고 플로베르의 고백처럼 '나의 깊숙한 곳에는 과격하고, 친숙하며, 쓰디쓰고, 집요한 권태의 괴물'이 있으나, 여전히 나는 그 괴물의 정체를 알지 못한다.

내가 기거하고 있는 방으로부터 4킬로미터 떨어진 호수에서 가마우지 떼가 검은 낙하의 자살을 감행하더라도, 난 허물 벗은 여름날 그 지독한 매미의 울음으로 권태로워하는 것이다.

인간은 너무 오래 살고 있다.

슬픈 미학

작은어머니가 돌아가셨다. 80세. 나는 2시간여를 달려 작은
어머니의 영정사진 앞으로 갔다. 밤이었다.

작은어머니는 예뻤다. 스무 살 꽃으로 가마 타고 와 오직 작
은아버지의 감옥살이 수발만 했다. 작은아버지는 독립군도 아
니었고 만주화 투사도 아니었다. 산을 벌목하는 산판장이였
고, 제재소 주인이었고, 군인 휘발유 밀매업자였고, 면도날로
정수리를 밀어 배코를 치고 상대의 코를 뭉개버리는 공포의
박치기였다.

그런 작은아버지도 그의 큰아들도 교통사고로 길에서 죽었
다. 그런데 작은어머니는 다행히도 요양원에서 죽었다. 꽃이
낙화하듯 소리 없이 넘어져선 뇌진탕을 불러왔고 뇌진탕은 작
은어머니를 조용히 잠재웠다.

나는 작은어머니가 시집올 때 꽃가마 타고 감두리 언덕길을
벚꽃이 지듯 내려오던 모습을 어렴풋이 기억한다. 그게 운명이
라면 너무 슬픈 미학이다.

나는 이 세상에서 작은어머니만큼 착하고 예쁜 여인을 본
적이 없다. 나의 작은어머니는 손윗동서인 내 어머니 밑에서
늘 배가 고팠다. 어느 날 부엌에서 누룽지인가를 몰래 혼자 먹
다 내 어머니에게 된통 혼나는 모습을 목격한 적도 있었다.

수난과 고통과 슬픔과 오욕의 역사를, 조선의 가정이란 굴
레에 단단히 씌워져 묵묵히 살아온 여인… 내일 작은어머니
는 산골짜기 납골당 외진 곳에서 조선 여인의 치욕을 죽어서도
감내할 것이다.

작은어머니는 아직도 현재진행형이다.

여름의 끝에서 김상사 죽다

구름 한 점 없이 투명한 하늘이다. 아무리 무더워도 이젠 습기가 말끔히 가신 따끈따끈한 한낮의 전형적인 가을이 성큼 다가온 것이다. 여름의 절정기건만 이렇게 피부로 느끼는 선뜩한 가을 예감에, 난 한 마리 밀잠자리가 되고 싶어진다.

잠자리의 눈으로 바라보는 세상은 어떤 모습이고 어떤 냄새일까. 그것이 궁금하다. 색깔은 어떻고 사물은 어떻게 비쳐지는지 알고 싶어진다. 둥글까, 네모날까, 세모꼴일까, 마름모꼴일까 아니면 공간 속에 여러 평면들의 세계가 원추형으로 말려서 겹쳐져 있는 걸까. 색채는 어떨까. 모두 회색일까 아니면 녹색일까, 엷은 푸른빛일까.

나는 잠자리가 아니다. 그래서 난 내 나름으로 상상하고 느낄 뿐이다. 그래도 난 세잔의 풍경처럼 그 세계는 평온하고 동화적이고 아름다운 수채화적인 색채와 선이라고 생각하고 싶다. 난 세잔의 그림 같은 세상이 좋으니까. 모두들 고흐가 좋다고 하지만 난 어쩐지 세잔의 정물과 풍경과 여인들이 좋다. 그게 평화롭고 아름답다. 갑자기 잠자리들이 많아졌다. 공중에 얽힌 전선줄 사이를 끊임없이 선회한다. 흡사 전선줄로 통하는 비밀스런 교신들을 귀 기울여 감청하려는 듯이 말이다. 가을은 잠자리와 함께 온다. 비밀스런 교신처럼 그렇게 온다.

시원한 소나기가 두 번 왔다. 오후 3시와 9시. 가을을 알리는 풀벌레 울음이 개울물 소리마냥 시원스러웠다. 참 맑게 트인 소리다. 밤 12시경 밖에서 누가 한참 고함을 지르고 있었다. 나가보니 신용상회 앞에 불이 환하고 사람들이 웅성웅성 모여있었다. 이웃인 누군가가 자리를 깔아놓은 한길에서 조그만 소반에 술과 과일을 차려놓고 절을 하고 있었다. 신용상회 김상사가 운명한 것 같다. 우린 그를 특무상사 출신이어서 김상사라 부른다. 며칠 전 병원에서 퇴원해 집에 돌아왔는데… 그 외침은 아마 그의 운명을 고하는 소리인 모양이었다.

죽음은 언제나 우리 삶의 일부분으로 존재함을 가슴 깊이 느낀다. 그래서 죽음은 또 다른 하나의 삶인 것이다. 죽음은 내 안에 숨 쉬는 하나의 거룩한, 언젠가는 내가 꼭 이행해야 할 생명의 엄숙한 절차인지도 모른다.

이튿날 김상사 장례식장으로 가는 길에 바라본 하늘은 흰 구름 뭉실뭉실 떠있고, 녹음 짙은 산은 강을 껴안은 채 여름의 끝에서 고요히 엎드려 있었다. 까마귀 두 마리가 날아갔고 저쪽 언덕기슭의 숲에서 까마귀가 울었다. 잠자리들이 미친 듯이 선회하더니 어디론가 순식간에 사라졌다. 짙은 녹음이 하늘 아래서 무슨 심각한 음모를 꾸미듯 조용히 숨을 쉬고 있었다.

나는 잔뜩 슬픔을 가장한 흘러간 가요를 반복해 들었다. 그렇게 시간은 흘러갔다. 무라카미의 《댄스 댄스 댄스》는 계속 진행 중이고, 나는 그 속에 몰입하다가 갑자기 음악이 멈추는 것을 깨달았다. 아무 짓도 안했는데 컴퓨터의 음악이 멈췄다. 김상사의 죽음처럼 이 무라카미 소설의 댄스파티도 끝났다는 것일까.

4월 한낮

혼자니까 잠옷 입은 우울이 내게 달려와 포근히 안겼다.

"외롭니?"

내가 물었다.

"아니… 그냥 졸려서."

우울이 대답했다.

"여기서 이러면 안 되는데. 네 놈이 예서 잠들면 난 계속 우울할 거야."

하지만 별 수 없었다. 난 뒤란에 만개한 헤픈 목련꽃을 바라보았다. 오래오래 바라보았다. 봄이 지천으로 난만해 있었다. 우울이 나직이 코를 골았다. 어지러웠다. 놈은 자는 척 실눈 가늘게 떠선 은근히 낱말 하나를 꺼내어 슬쩍 내밀었다.

"좋아?"

삶과 죽음의 경계

흐린 날엔 바이칼 호수가 제 깊이를 드러내지 않습니다. 바이칼 호 주변의 숲이 불타고 있어 회색 연무가 자욱이 낀 날입니다. 매캐한 냄새를 바이칼의 바람이 실어와 저희는 두건을 쓰고 산적처럼 알혼 섬에 닿았습니다.

죽은 나무가 색색의 천을 두르고서 유치환의 깃발처럼 나부꼈습니다. 그곳에 나무의 정령이 저를 불러 이렇게 말하는 듯했습니다.

'방랑자여 무엇을 위해 예까지 왔는가.'

저는 그 물음에 이렇게 무언으로 답했습니다.

'제 오랜 그리움으로 여기까지 왔습니다. 아무 뜻 없이 그냥 왔습니다.'

죽은 나무는 침묵으로 리본을 나부껴 흐린 하늘과 호수를 보여주었습니다. 지혜롭지 못한 자인 저는 빈 귀만 열어놓고, 오래오래 연무로 덮인 호수와 하늘의 불분명한 경계선을 망연히 바라만 볼 뿐이었습니다. 3일 밤낮을 꼬박 달려온 여기가 제 시원의 조상이 묻힌 곳입니다. 그 조상의 후손이 길잡이 운전수가 되어 저를 섬의 북단 끝으로 데려갔습니다.

330여 개의 물줄기를 받아들여 오직 한 통로만 나가기를 허락한 바이칼의 앙가라 강⋯. 이 강이 천년을 흘러 에니세이 강에 몸을 섞어선 드디어 북극해로 흘러듭니다. 북극해로부터 철갑상어가 거슬러 오르고, 곰은 길목을 지켜 연어를 때려잡아 먹습니다. 전나무와 자작나무 원시림을 지나 정령의 호수로 거친 물살을 거슬러 오르는 불도의 물고기들. 그것을 상상하기란 그리 어렵지 않습니다.

샤먼은 삶과 죽음을 초월합니다. 샤먼은 모든 사물이 생명을 잉태함을 압니다. 죽은 것은 삶의 근원이며 산 것은 죽은 것에 의지합니다. 깨달음조차 사치인 이 알혼 섬에서 갈매기의 깃털만이 가볍습니다. 하늘의 자유를 느끼는 그 가벼움이 삶과 죽음의 무거운 경계를 소리 없이 지웁니다.

화전민 김 씨는 아직도 그곳에 있다

70년대 말이다. 지금은 까마득하여 이름도 잘 기억나지 않지만, 그는 40대 중반의 화전민이었다. 그는 중학교에 다니는 아들 하나와 아내를 데리고 두메산골에 살았다. 인제군 남면 부평리 도수암 마을이 그가 화전을 붙여먹고 사는 곳이었다. 말이 마을이지 가옥 일곱 채가 전부였고, 이웃집을 방문하자면 20여 분은 족히 걸어야 하는 산간오지 마을이었다. 전깃불도 들어오지 않아 호롱불을 켜고 살았다. 그는 산전山田에다 조, 옥수수, 콩, 메밀 등의 잡곡과 고랭지 무와 배추를 심어 생계를 유지했다.

아들은 꼭두새벽에 일어나 골짜기를 1시간 남짓 걸어 내려와 완행버스를 타고 면소재지 중학교를 다녔다. 그들 부부는 봄엔 산나물을 채취하고 가을에는 버섯을 따 어린 아들의 학비에 보탰다. 화전에서 나는 소출이라야 1년 먹기가 빠듯한 형편이었다. 그러나 그들 부부는 언제나 웃는 얼굴이었다. 비록 사는 일이 힘겹긴 해도 자연 그대로의 모습을 닮아있었다. 말수가 적은 탓에 도대체 하루에 몇 번이나 입을 열 것인지가 의심스러울 정도였다.

당시 나는 공무원이었다. 그 마을은 내가 담당하고 있던 마을로 나는 하루가 멀다 하고 그곳을 방문하곤 했다. 정부의 화전정리 시책이 발표되자 화전민들을 타지로 이주시켜야 하는 임무를 맡았던 나는, 김 씨 집을 자주 방문하여 보상문제와 이주에 필요한 여러 가지 상담을 나누곤 했었다.

우리나라에선 70년대 말까지 화전이 성행했다. 특히 강원도는 산협山峽이 험준하고 농경지가 적어 다른 지역보다 화전민들이 많았다. 이들은 무주공산無主空山을 찾아다니며 화전을 일구었다. 이 때문에 자주 산불이 일어나 많은 임야가 소실되곤 했다. 6·25 전쟁을 겪은 우리나라는 전쟁의 참화로 하여 거의가 벌거숭이산이었다. 게다가 밭뙈기 하나 없는 농투산이들이 화전민이 되어 이 산 저 산을 유랑하며 불을 지른 탓에, 우리나라의 산은 군데군데 화상을 입은 채 붉은 산이 되어갈 수밖에 없었다. 이들의 화전 때문에 산림이 훼손되고 장마 때면 토사가 일고 홍수가 범람하여 많은 인명피해와 재산의 손실을 가져오자 70년대 말 정부는 산림의 황폐화를 막기 위하여 과감히 화전정리를 시작했다. 하지만 화전민 이주비라야 50만 원이 전부였다. 말수 적은 김 씨도 한숨을 내쉬며 내게 이렇게 말했었다.

"떠도는 유랑신세로 변하고 말았구료."

그때가 가을이었다. 산골은 해가 일찍 졌다. 햇살이 김 씨 집 앞의 하얀 메밀밭을 쓸고 지나가는 것을 김 씨는 말없이 바라보고 있었다. 일가붙이들은 몇 년 전 소양댐 수몰로 하여 보상비를 받고 떠난 지 오래여서 아랫마을 부평리도 거의 폐허나 다름없었다.

"저 메밀도 털지 못하고…"

김 씨는 목이 메는지 말끝을 흐렸다.

"어디로 갈지… 생각해보셨는지요?"

나는 조심스럽게 물었다. 김 씨는 내 물음에 아무 대꾸도 하지 않았다. 그날 나는 김 씨와 함께 옥수수로 담근 술을 마셨다. 저녁 늦게야 산마루에 떠오른 달빛을 밟고 산골짜기를 허청허청 내려왔다. 김 씨의 메밀밭은 눈송이처럼 너무나도 하얬다.

얼마 후 나는 김 씨 가족의 이삿짐을 트럭에 싣고 충청남도 당진으로 떠났다. 김 씨 아내와 아들은 먼저 보낸 뒤였다. 나는 공무원의 신분으로 인솔의 책임을 맡고 있었다. 화전민 이주移住는 담당공무원이 반드시 인솔하게 되어있었다. 그리고 이주를 확인하고 나서 그곳 도착지에서 이주비를 지급하곤 했다. 당시 나는 세 가구의 이주를 마치고 마지막으로 김 씨를 인솔하게 되었던 것이다.

김 씨가 가는 곳은 서해 바닷가였다. 소금을 만드는 염전鹽田이 있는 곳으로 김 씨의 먼 친척뻘 되는 분이 그곳에 있었다. 그분의 소개로 김 씨는 전혀 생소한 소금밭으로 떠나는 것이었다. 당시의 염전은 경기가 좋았던 때라 날품을 팔아도 산골보단 나을 거라는 친척의 권유가 있었기 때문이었다.

김 씨는 가는 중에도 아무 말이 없었다. 마치 그는 침묵하는 산처럼 느껴졌다. 내가 몇 마디 이것저것 물어보아도 그냥 고개만 주억거릴 뿐 묵묵부답이었다. 우리는 오후 늦게야 당진에 도착했다. 곳곳이 질펀한 소금밭이었고 바닷물을 퍼 올리는 수차水車가 석양에 그림처럼 오똑오똑 서있는 모습이 한눈에 들어왔다. 그로선 난생 처음 대하는 바다였다. 바닷바람에 실려오는 소금냄새가 김 씨는 역겨웠던 것일까. 그는 심하게 재채기를 몇 번 해댔다. 그의 아내와 아들 그리고 그의 먼 친척뻘이 우리를 맞았다.

"아부지! 소금냄새가 지려요!"

그제서야 그는 조금 웃었다. 곁에 있던 우리도 따라 웃었다. 바다로 가라앉는 해는 처연히도 붉었다. 내가 건넨 일금 50만 원의 이주비 봉투를 그는 뜯어보지도 않고 말없이 받아 호주머니에 넣었다. 내가 돌아올 때 김 씨는 드디어 무겁게 입을 열었다.

"너무 늦었구료."

그러곤 꼬깃꼬깃 접힌 지폐 몇 장을 내 손에 쥐어주었다. 자기 때문에 고생한 내게 얼마 안 되는 여비라도 보태라는 뜻인 것 같았다. 나는 한사코 사양했지만 그는 막무가내였다. 그의 눈빛엔 고향사람을 떠나보내는 안타까움이 서려있었다. 할 수 없이 나는 그 돈을 받을 수밖에 없었다. 막버스를 타고 뒤를 돌아보니 나를 배웅하는 김 씨의 쓸쓸한 그림자가 바다를 향해 길게 누워있는 모습이 보였다.

'이제 난 산사람 하나를 저 바닷가에 버려두고 도망치고 있구나.'

그때 나는 그런 심정으로 그의 곁을 떠났었다.

비록 정부의 시책에 의해 맡은 임무를 수행해야 하는 공무원의 신분이었지만, 나는 왠지 그에게 못할 짓을 한 것만 같아 마냥 죄스럽기만 했었다. 김 씨가 호주머니에 찔러 넣은 이주비 봉투 속엔 몇 푼 안 되는 내 출장비와 메모쪽지가 들어있을 것이었다. 김 씨 가족이 둘러앉은 방안엔 이제는 희미한 호롱불이 아닌 차갑고 밝은 형광등 불빛이 낯설게 빛날 것이고, 그 아래서 그들은 내가 남긴 메모쪽지를 그리움으로 보았을 것이다.

산이 그리우면 언제라도 돌아오세요

지금은 이름도 잊은 김 씨!

아직도 그는 그곳에 남아있을까? 중국의 값싼 소금이 수입되는 바람에 이제는 거의가 염전이 파산되어 몇 안 되는 염전만이 명맥을 유지하는 터에, 그는 또 어디론가 정처 없이 바람처럼 떠난지도 모른다. 아니면 정말 내 말대로 홀연히 가족을 데리고 아무도 모르는 깊은 산중에 들어가 화전을 일구며 살고 있을지도….

지금 생각하면 그는 '산'이었다. 그는 결코 산을 떠날 수 없는 사람이었다. 산바람을 맞아야 사는 사람이었다. 메밀 향내를 맡고 계곡 물소리를 들어야 비로소 미소를 머금는 사람이었다. 산에서 나는 열매나 칡뿌리를 씹거나 붉은 가재를 구워 먹어야 힘이 나는 사람이었다. 김 씨는 반드시 산으로 돌아가 산에다 머리를 뉘었을 것이다. 지금도 나는 그렇게 믿고 싶다.

사람은 뿌리를 두고 멀리 갈 수 없는 법이다. 침묵의 산을 두고 그가 가야할 곳은 아무 데도 없다. 김 씨는 인제 어느 두메산골로 돌아가 비록 힘겨운 삶일망정 그곳의 아름다운 향기가 되어있을 것이 틀림없다.

석남사

석남사엔 3층석탑이 있습니다. 석남사엔 300년 동안 눈이 나리고 있습니다. 석남사 뒤안엔 300년 묵은 배롱나무가 눈을 맞고 있습니다. 눈은 나려 백일홍 꽃이 피었고 그 붉은 길 따라 백석의 나타샤 당나귀가 떠났습니다. 종루에도 뎅, 뎅, 뎅 눈은 나리고, 바삐 경내를 건너는 스님의 어깨에도 하염없이 눈은 나리고, 먼 나그네의 눈썹에도 눈물처럼 눈은 나렸습니다. 너무 고요한 경내엔 기침소리 하나 없고 동안거에 든 오래된 스님들 기척조차 없었습니다.

무슨 소원을 빌었는지 소지燒紙조각 하나 나풀나풀 허공을 떠돌았습니다. 해우소 곁을 휘도는 계곡물 소리. 이 깊은 고요 깨뜨릴까 두려워 흡사 발소리 죽여 흐르는 것만 같았습니다. 탑돌이를 하면서 암에 걸린 친구 두 분의 쾌유를 빌었습니다.

불사佛事 기왓장에 그분들 위한 소원을 간절히 빌었습니다.

눈은 함박눈 되어 나렸으나 눈은 이내 녹았습니다. 그동안 대숲바람이 두 번 일었고, 가지봉 정상의 눈은 더욱더 희었고, 노송 밑 산죽은 석남사 쪽으로 슬며시 몸을 기울였습니다.

선뜩! 이마에 내린 눈이 제 몸을 뜨겁게 녹였습니다. 그게 꼭 제 무지함을 깨달아 조용히 무문관無門關에 들라 하는 석문사 부처님의 오래된 법문인 것만 같았습니다. 그렇게 저는 잿불처럼 사위어가는 저녁을 고요히 맞이하고 있었습니다.

뭉게구름

뭉게구름이 파란 하늘에 뭉글뭉글 피어오르더니 하늘을 거의 점령해버렸다. 군데군데 호수처럼 깊은 하늘이 내비친다. 흰 눈밭에 깊디깊은 새파란 호수가 생겨난 것이다.

어머니를 모시고 홍천 이비인후과에 다녀왔다. 감기 기운이 있어 귀가 또 아프신데, 의사 말로는 완치는 어렵고 그때그때 치료할밖에 없다고 한다. 집에 와 약을 잡숫고 이내 점심때까지 잠이 드셨다.

어제 주문한 책상이 왔다. 조립해보니 꽤 괜찮다. 깔끔하고 심플하다. 창가에 놓으니 환해서 책을 읽거나 컴퓨터 작업하기에 안성맞춤이다. 창밖으로 건넛집 밤나무와 녹색 지붕 그리고 비탈진 언덕의 옥수수 밭이 보인다. 바람이 불자 푸른 옥수수 대궁과 늘어진 잎들이 푸른 팔을 흔들어대며 술렁인다.

네이버에서 여행가 김남희의 기사를 스크랩. '내공 기르기, 줏대, 단련'이란 말이 가슴을 친다. 자신을 '유목민'이라 표현했다. 무엇을 이루기 위해서는 하나의 이론으로 무장할 필요가 있다. 어느 사상, 어느 이념인지 자신의 성향과 맞추어 고민해봐야 한다. 촘스키와 박노자의 글을 읽어야 할 필요가 있을 것 같다.《완득이》도 왔다.

창가에 앉으니 바람이 안쪽으로 시원하게 들이분다. 싱싱한 여름이다. 고흐의 풍경처럼 이글거리는 여름의 색채는 마냥 싱그럽다. 솜틀에 틀어 곱게 부풀려 넌 포근한 솜처럼 부드러운 구름들이 산등성이 너머 아득히 펼쳐져 있다. 그 솜으로 하늘을 닦았던 걸까. 하늘은 투명하다 못해 아찔한 깊이로 담겨있다. 마냥 스킨십을 하고 싶은 그 구름무늬들을 나는 넋놓아 바라본다. 저 구름이 잊혀질까 조바심쳐져 휴대전화로 '찰칵' 하고 한 판 찍어본다.

행복은 멀리서 오는 게 아니다. 바로 고개를 들기만 하면 아름다움과 행복은 숨결처럼 내 앞에 가득히 펼쳐져 있음을 알아챈다.

《시장과 전장》완독. 나는 마음 깊이 소리 죽여 울었다. 삶이란 이리 고통스럽고도 아름다운 것일까. 마치 드라마 대본처럼 짧게 이어져 묘사되는 이야기 전개가 쓸쓸하고 애처롭다. 전쟁이 끔찍하고 잔인하다기보다 그 전쟁에 휘말려 가족과 이

웃 그리고 자기 자신을 잃어버리고 말았던 사람들의 어처구니 없음이 못내 안타깝고 서럽고 억울하다.

모딜리아니

파란 비가 내리는 우울한 거리의 빌딩 사이로 파란 닭들이 날아다니는 꿈. 프랑스 샹송가수 프랑소와즈 아르디의 노래를 들으면 우울한 색조의 파란 비가 내린다. 불우한 화가 모딜리아니가 생각나는 비가 내린다.

모딜리아니는 서른다섯의 나이에 폐병으로 죽었다. 그를 따라 만삭의 애인 잔느 에뷔테른은 5층에서 몸을 던져 자살했다. 모딜리아니가 죽기 3년 전인 1917년, 모디의 그림값은 단돈 5프랑, 당시 닭 한 마리 값이 10프랑이었다. 밥값 대신 그림을 받은 음식점 주인이 화가 나 모디 그림에 국수가락을 내던졌다고 하는 유명한 일화가 있다. 모디가 죽기 전 애인 잔느는 그를 병원에 데려갈 수조차 없었다. 그가 죽은 후 그의 그림값은 치솟아 오늘날엔 몇천만 프랑을 주고도 구하기 힘들게 되었다.

아메데오 모딜리아니의 유일한 자화상 〈붉은 머리〉에서 모디는 오른쪽 눈은 검고 왼쪽 눈은 흰데 얼굴빛은 붉어 이미 병색이 짙어 보인다. 청동처럼 굳은 얼굴에 묻어나는 죽음의 냄새는 비극적인 운명을 예고하는 듯하다.

하지만 잔느 에뷔테른의 초상은 따뜻하고 밝은 색조로 넘쳐 난다. 가장 행복했던 시절에 그린 이 초상은 부인에 대한 한없는 애정이 깃들어 있다. 연하고 붉은 머릿결, 긴 목과 긴 얼굴이 약간 왼쪽으로 기울어져 있고, 소파에 앉은 잔느는 두 손을 공손히 모으고 자신을 그리는 사랑하는 모디를 푸른 눈으로 응시하고 있다. 전체적인 배경의 색감도 수채화 같은 느낌의 물감으로 채색되어 창으로부터 스며드는 은은한 햇빛의 일렁임을 느끼게 한다. 목에 두른 실크 목도리와 빨간 스카프가 시선을 끌어당겨 목에서 가슴까지의 살결선이 길게 이어져 내린다. 이는 잔느의 훤칠하고 시원한 이미지를 특징적으로 보여 준다.

피렌체의 자유 누드학교를 다닌 모디는 누드화를 많이 그렸다. 그의 누드화 모델들은 다양했다. 가수와 모델, 농촌의 건강하고 풋풋한 아가씨들이 대부분이었다. 병색이 짙은 그가 그린 대상은 젊은 육체가 발산하는 싱싱한 이미지였다. 피부의 윤기와 탄력성에 깊이 빠져 누드를 그리던 중 1917년 7월 모디는 운명의 여인을 만나게 된다. 그니가 바로 잔느 에뷔테른. 그니의 나이 열아홉이었고 모디의 나이는 서른셋이었다. 잔느는 모디가 만난 여인 중 가장 순정적이고 헌신적인 여인이었다. 모디는 잔느와 동거 중에도 다른 여인과 애까지 낳았다. 그럼에도 그니의 사랑은 변함이 없었다.

모디는 그리스의 음악가 마리오 바르보글리의 초벌 데생에다 이렇게 써 놓았다고 한다.

'새해 여기서 새 삶이 시작된다.'

이 마지막 미완성 작품에 쓴 글귀. 그것은 모디의 마지막 희망이었지만, 결국 그는 결핵성 뇌막염으로 쓰러지고 만다. 모디는 비몽사몽 중에도 "사랑하는, 사랑하는 이탈리아여!"라고 중얼거렸다고 한다. 그의 마지막 소원은 이루지 못한 꿈으로 끝나버렸다.

훗날 모디와 잔느 사이에서 태어난 딸 잔느 모딜리아니는 전기 《모딜리아니라는 남자의 신화》를 쓰게 된다. 1918년 11월 딸의 출생신고를 하러 가던 모디는 기쁨을 억제치 못해 한잔한다는 것이 너무 취해버려, 결국 딸의 출생신고를 못했다고 한다. 술을 좋아한 모디는 피카소의 초상화에 "안다는 것"이란 모호한 한 마디를 던졌다는 일화가 전해진다. 하지만 피카소는 다눈치오와 단체의 시구를 외며 자신이 저주 받은 화가인 척하는 미남 애숭이에 대해 "참 이상도 하지. 저 친구는 생 드니 대로에선 한 번도 취한 걸 못 보겠는데 몽파르나스에서 만은 항상 취해 있단 말야"*라고 빈정대었다고 한다.

모딜리아니는 고흐만큼 불우한 생을 보냈다. 서른다섯의 나이로 운명할 때까지 모디의 생은 방탕한 음주와 무절제한 생활로 더욱 황폐해졌다. 그러나 그에겐 빛나는 예술혼이 있었다. 그는 자신을 태우면서 그림을 그렸다. 게다가 모디 자신을 사랑하는 잔느가 있었다. 훗날 그의 전기를 쓰게 된 딸도 하나 남겼다. 그러나 그토록 사랑했던 잔느는 임신한 몸으로 5층에서 몸을 던졌다.

한 예술가를 사랑한 잔느. 그니의 처절한 사랑이 후세 사람들의 가슴에 화인처럼 남아 오래오래 머물러있는 것은 '사랑', 그것에는 시대를 뛰어넘는 고결함과 슬픔이 깃들어 있기 때문이다.

* J. L. 페리에,《20세기 미술의 모험1》, 에이피인터내셔날, 1993, 202쪽

스님 저 잘 지냅니다

저는 어제 그제 서울을 지나 인천에 갔습니다. 거기엔 아흔 넘은 제 어머니가 계십니다. 어머닌 저를 알아보지 못하셨고 외간 남자라며 경계하셨습니다. 헤어질 때 어머니는 요양사에게 이렇게 귓속말을 했습니다.

"이 남자 간다네…."

떨어지는 발길이 천근처럼 무거웠고 그냥 많이 미안해서 전 어머니를 지우느라 애를 먹었습니다. 제 머릿속 지우개는 불량품이었습니다. 어머니의 잔상이 희미하게 남은 채 예술의전당 마크 로스코 전시회에 갔습니다. 어두우나 깊은 그의 색채에 그만 숨이 막혔습니다. 근처 칼국수집에서 들깨칼국수를 먹었습니다. 맛이 밍밍했습니다. 어머니와 마크 로스코가 서로 겹쳐져 자꾸 이상한 그림을 그렸습니다. 제 기억 속엔 우울한 빛

의 침잠과 어머니의 무표정한 얼굴과 로스코의 깊은 사유가
혼재되어 일렁였습니다. 그리고 그 그림들은 구름처럼 어디론
가 저를 데려갔습니다.

전철을 타고 북으로 갔습니다. 마을버스로 미아리 눈물고
개를 올라가니 북서울 꿈의숲 아트센터가 나타났습니다. 유니
스 황의 연주는 사금처럼 빛나는 별이었습니다. 피아노 음이
이리 아름다운 줄 몰랐습니다. 천상의 소리였습니다. 한 천사
내려와 묵상하듯 건반을 누르자 모든 것이 변하고, 모든 것이
놀라 깨어나고, 모든 것이 바람 되고, 모든 것이 꽃으로 피어
났습니다.

중간 타임에 장현우 사진작가의 차에서 그와 이제하 선생님
과 담배를 피웠습니다. 지붕이 열리는 멋진 차였습니다. 벌금
10만 원×3인=30만 원정을 셋이서 담배 한 모금씩 피워대며
간단히 벌었습니다. 지붕창으로 푸른 연기들이 감시원 몰래
빨려 올라갔습니다.

천상의 별은 보이지 않았습니다. 유니스의 연주를 들으러 모
두 내려와 있는지도 모릅니다. 류근 시인이 〈그리운 우체국〉
자작시를 낭송했고, 이외수 작가가 영상으로 자작시를 낭송했
습니다. 이호준 시인이 아픈 몸을 이끌고 왔고, 권대웅 시인 사
단이 대거 몰려왔습니다. 이름을 열거할 수조차 없는 많은 시
인과 작가들을 만났습니다. 우린 뒤풀이로 술을 마셨고 그 술

자리는 새벽까지 이어졌습니다. 그렇게 미아리 눈물고개 서러 웁도록 아름답게 넘어가니 봄날이 속절없이 가고 있었습니다.

스님. 저는 어머니를 지웠고, 로스코를 날려버렸고, 아침에 춘천으로 왔습니다. 점심으로 중앙시장 언덕에 있는 올챙이국 수집에서 올챙이국수를 먹었고, 오후 2시에 시창작 강의를 했고, 술을 마셨고, 어디로 싸돌아다니는지도 모른 채 이리저리 춘천의 밤을 헤매었습니다. 도대체 몇 시나 되었는지, 다들 어디로 사라진 건지 몰랐습니다. 그렇게 한 마리 상처받은 물고기처럼 부유하다 집으로 돌아와 문을 두드렸습니다. 제 아내가 말없이 문을 열어주었습니다. 그리고 오늘 점심때까지 내처 잤고 스님의 걱정스런 안부쪽지를 받았습니다.

스님 저 잘 지냅니다. 저는 매일매일 속으로 편지를 띄웁니다. 구름에게 산에게 들에게 조팝나무에게 그리운 사람들에게 속으로 편지를 씁니다. 석양이 지기엔 아직 이른 시간입니다. 스님의 산사에 울릴 저녁 종소리를 생각하며 이만 줄입니다. 건강하십시오.

아름다운 동행

    내가 최지은을 만난 날은 3년 전 깊은 겨울이었다. 그날 최지은은 말기대장암 판정을 받고 내게로 왔다. 그녀는 해맑았고 그늘이 전혀 없었다. 외등에 내리는 저녁 눈발처럼 그녀는 하얗게 소리 없이 왔다. 어쩌면 무심한 듯한, 아니 어쩌면 생과 사를 초월한 듯한 담담한 모습이었다.

    그날 병원에서 충격적인 의사의 진단과 수술권유를 듣고 나서 한동안 망연히 창밖을 내다보다 어디론가 떠나고 싶다는 마음이 들었다고 했다. 그때 퍼뜩 떠오른 곳이 춘천의 호수였고 그곳에 칩거하고 있는 변방시인 최돈선이었다고. 그녀는 서울에서 사진작가 황문성, 팝아티스트 이승철과 더불어 몇 개의 긴 터널을 지나 새하얀 눈꽃이 핀 겨울공화국 춘천으로 나를 찾아온 것이다.

처음 만난 이 사람에게 나는 무슨 말을 해주어야 할지 몰랐다. 우린 미소만 지었고 말없이 늦은 저녁밥을 먹었다. 최지은은 내 곁에 앉아 멀리 있는 반찬을 젓갈로 집어선 내 앞의 빈 접시에 놓아주곤 했다. 우린 소양댐 아랫마을 한적한 노래방으로 가 노래를 불렀다. 무슨 노래들을 불렀는지 기억이 가물가물하지만 최지은의 노래가 참 깨끗하고 고절하구나, 하는 느낌은 아직도 지워지지 않고 있다.

그리고 방 하나를 빌려 우린 밤새 이야기를 나누었다. 나는 겨울에 태백준령에서 차가 굴렀을 때 "서라! 서, 서, 서!" 외치기만 했다는 이야기를 꺼냈다. 자동차는 한없이 굴러 내리다가 정말 생각지도 않게 까마득한 절벽 중간에 멈춰섰다. 두 개의 돌이 돋아 자동차를 멈추게 한 것이다. 나는 최지은에게 그 돌을 '돌연꽃'이라 이름 지었다고 말해주었다. 최지은의 마음과 지친 몸에 그 돌연꽃이 소롯이 피어나길 바라면서.

그 후 해마다 그날이 오면 그들이 춘천으로 왔다. 수술을 포기한 채 투병생활을 하는 최지은. 그녀는 고통과 절망과 죽음을 일상의 벗으로 삼아 굳게 버텨왔다. 그럼에도 그녀의 입가엔 언제나 따뜻한 미소가 떠나지 않았다. 차분한 목소리 그대로 언제나 몸가짐이 조신했다.

해마다 난 그날이 기다려진다. 살아있구나. 고맙다. 그래서 난 소박하고 평범한 한 여인의 깊고 고귀한 생을 숙연히 받아들일 수 있는 것이다.

예술가들이 최지은을 돕기 위해 아름다운 동행을 하기로 했다. 가난한 예술가들은 저마다 혼신을 다 기울인 그림을 흔쾌히 내놓았다. 더불어 작가협동조합을 결성하여 어렵게 작품 활동을 하며 살아가는 작가들에게도 힘을 보태기로 마음을 모았다. 이것은 병마와 싸우면서도 굴하지 않는 최지은의 고결한 성품에서 비롯된 일이다. 가난하고 외로운 이가 어렵고 고통받는 이를 돕는 법. 그들 또한 생활이 얼마나 궁핍한가. 그럼에도 페이스북의 예술가들은 늘 가을양광처럼 남을 덥힌다. 난 그들 예술가들의 한없는 애정의 눈길이 더할 나위 없는 사랑임을 안다.

그러나 최지은은 안타깝게도 2015년 7월 운명했다.

고생대 기록

죽창과 빈 카빈소총으로 무장한 사람들이 완도로 온 날은 5월의 끝이었지요. 육지와는 다리 하나가 놓인 섬학교 완도수고는 휴교령을 내렸고, 선생들은 읍내 골목을 누비며 학생들을 귀가시켰지요.

붉은 동백꽃은 이미 지고 몽돌해변 자갈들이 와르르 파도에 무너질 때 복면을 한 한 떼의 민도들이 소문처럼 당도했지요. 버스 아홉 대가 나란히 혁명가를 불러 젖혔고 공수부대 헬기가 검은 하늘을 부르르 날아다녔지요. 수억 년 전 고생대의 검은 잠자리였지요. 어디선가 확성기 소리 들려와선,

"친애하는 섬주민 여러분 진정하시오. 정부는 이 폭도들을 곧 진압할 거요."

그 소리는 빈 허공을 맴돌다 내 귀에 와 선돌처럼 박혔지요.

그러거나 말거나 주민들은 완도 읍내 거리로 뛰쳐나와 정부의 폭도를 물끄러미 바라봤지요. 그러다 누군가 박수를 쳤고 덩달아서 박수소리 여기저기서 터져 나왔지요. 나도 손바닥 아프게 쳤지요. 복면을 한 정부의 폭도들이 푸른 죽창을 하늘로 뻗어 잠시 검은 잠자리를 쳐다봤지요.

모세의 기적처럼 군중은 두 갈래로 갈라졌고 정부의 폭도들은 앞으로 나아갔지요. 경찰서엔 당직자 하나 외롭게 앉아 거대한 건물을 지키고 있었지요. 군청도 마찬가지였어요. 거리 행진은 "김대중 선생 석방하라, 살인마 전두환 (그런데 어떤 이는 불경스럽게 '전대가리'라 했어요) 구속하라! (그러자 또 어떤 이는 '찢어죽일 놈' 했어요)" 목청 드높여 소리를 쳤지요.

성실·근면한 검은 잠자리 헬기는 여전히 고생대 기록을 촬영하고 있었고, 가까운 섬 신지도와 저 먼 섬 청산도와 보길도는 아무것도 모른 채 어둠에 잠겨있었어요. 광주의 변방 섬 완도는 언제 끝날지도 모른 채 늘 이런 식으로 밤을 보냈지요.

오늘 이들이 떠나면 내일 또 다른 정부의 폭도들이 이 작은 섬을 방문하게 될 테고, 그땐 따뜻한 커피를 포트에 담아 눈짓으로 건네는 풍경도 목격하게 되겠지요. 그렇게 참 아름답고 슬픈 밤을 보낸 날이 이젠 35년이 훌쩍 지난 고생대 이야기가 되었네요.

시베리아의 별

    캄캄한 밤을 열차는 달립니다. 주먹 같은 별들은 제 몸이 무거워 지상으로 몸을 던집니다. 모두 잠든 밤입니다. 소등이 된 지 오래입니다. 복도에만 불이 켜져있고 적막이 보초를 서고 있습니다. 별의 침묵이 내려와 고독한 열차의 질주에 귀 기울입니다. 열차바퀴가 레일에 부딪는 소리가 밤의 허공을 울려 조용히 별을 흔듭니다. 별들은 더욱 몸을 떨어 빛을 냅니다.

    나는 가야할 곳이 있습니다. 아무르 강을 지난 지 얼마입니까. 나는 가야할 곳이 있습니다. 평야와 자작나무 숲을 지난 지 얼마입니까. 흔하지 않은 터널을 지난 지 얼마입니까. 그래도 또 어두운 평야와 어두운 숲입니다. 강제이주로 떠나는 고려인들의 불안이 엄습합니다. 겨울들판에 버려져 죽음을 맞이하던 분노와 좌절과 그 고독을 생각합니다. 생의 깊이가 너무

나도 얕고 하찮음에 울지도 못한 밤. 그 혹독한 시베리아의 밤을 생각합니다. 시린 별들은 시베리아에서 죽습니다. 아니 시베리아에서 마지막 유언처럼 몸을 묻습니다. 시베리아만이 별들의 몸을 시리게 받아들일 수 있습니다.

곤히 잠든 작은 마을을 지나 멀고 깊은 도시를 향해 밤열차는 떠납니다. 별은 지평선 너머에서 그 길을 안내합니다. 유형을 떠나는 도스토옙스키의 밤이 이러했을까요?

어느 작은 역에서의 정차. 새벽 플랫폼에서 발걸음을 재게 놀려 역사驛舍를 빠져나가는 메마른 소녀. 손에는 가방을, 등엔 배낭을 짊어진 키 큰 중년남자의 실루엣. 역사를 지키는 몇 개의 희미한 가로등. 그것을 스쳐 빠져나온 열차는 다시 캄캄한 어둠 속에 몸을 던집니다. 별들만의 세계가 다시 시작되는 것입니다. 들판이 짐승처럼 엎드려 있습니다. 검은 숲도 노란 마타리도 잠이 든 모양입니다.

새벽이 올 때까지 늑대의 눈은 푸르게 빛날 것입니다. 자작나무와 침엽수림은 더욱 깊어질 것이고, 두 줄기 레일은 끝 모르게 어둠속 길을 이을 것입니다. 별은 이 모든 것을 눈물겨움으로 감싸고 자신을 조용히 들여다봅니다. 별은 그렇게 존재하고 소멸하여 무無가 됩니다. 그리고 또 다른 미지의 별로 생성되는 것입니다.

왼손

어릴 때 왼손으로 밥수깔 쥐고 처먹능다고 열시미 마자따. 난 얻어터지고 싶지 않아 열시미 오른손으로 세상밥류를 움켜쥐려고 애써따. 보기에 참 조아따. 근데 결정적인 순간(기막힌 반찬이 내 앞에서 누우드로 유혹할 때) 난 나도 모르게 저절로 왼손을 써따. 역시 존나게 마자따. 난 개도 아니어따.

좀 커서, 아주 마니 커서 난 두 손을 자유자재 비몽사몽 허공에 칼 휘두르듯 제비몰러나간다로 쓰게 되어따. 쌍칼잡이 무림의 고수가 바로바로 나여따. 직장회식이 있는 날, 나는 왼손 오른손 왼손 오른손으로 익거나 말거나 고깃점(등심 내지 삼겹살)을 마구마구 집어따. 직장상사(당시 교장 선생)께서 그런 나를 보고, "최 선생 어디 아퍼?" 하고 핀잔을 주어따.

세월 가고 늙어따. 어제 속초에 가따. 횟집에서 상선이 대현이 그리고 그 지방토호(이름도 몰라요, 성도 몰라요)와 더불어 보거회를 맛나게 먹어따. 점잖고 우아하게 오른손을 써따. 2차를 가따. 거기까진 조아따. 노래도 지르고 술도 마시는 정체불명의 자리에서 이제하 선생의 〈모란동백〉을 불러따. 거기까진 정말 조아따. 노래를 꽥꽥 불지르고 자리로 돌아와 으기양양하게 맥주병을 왼손으로 들고서 지방토호님께 수를 정중하게 무의식적으로 따라주어따. 지방토호는 즉시 머리에 뿔을 너덧 개 쭈욱 세우더니 이러케 마래따.

"무례한 (인간)… 왼손으로 술을 따르다니…."

4 아름다움이
나를 적시거든

사랑의 뼈

한 달째 무위도식인 내가
산에 갔다 오던 날, 엄마 보러 갔다
땀 흘리는 나를 보고
시원한 물 먹이려 냉장고 문을 급하게 열다가
흔들리던 앞니 세 개가 모두 우수수 빠져버렸다
한 눈 없고, 귀 어두운 상노인 우리 엄마
바닥에 흩어진 앞니엔 아랑곳하지 않고
결명차 시원한 물병만
한 손에 꼭 잡고 있었단 말이지
냉장고 문 하나도 제대로 못 여냐고
소리만 고래고래 질렀단 말이지
집으로 돌아오는 길, 대낮인데 왜 그리 캄캄했던지

　　　- 김수상 〈어머니는 부푼 치마를 안고 들판에서 돌아온다〉 전문

목멘 이 시 한 편을 읽고 온종일 아무것도 하지 못한 채 이리저리 쏘다녔습니다. 부평초와 같은 인생입니다. 김수상 시인이나 나나 어디 하나 다르지 않습니다.

4월에 풀이 나서 자라고, 이파리가 돋고, 꽃이 피는 것이 너무 신선하고 화려하여 마냥 서럽습니다. 그것들은 때가 되면 가을을 처연히 물들이고 땅에 떨어지게 마련입니다. 우리의 어머니 우리의 모태는 조용히 시들어 자신의 몸을 말없이 떨굽니다. 그리고 나중에 나무와 풀과 꽃잎을 여는 거름이 됩니다.

간절히 부르면 돌아오는 푸른 메아리 같은 어머니. 아무 대가 없이 주신 사랑 너무나 벅찹니다.

어머니. 이 세상 가장 아프고 아름다운 꽃이어. 시여.

김수상 시인의 아픈 고뇌의 시가 그 지극한 사랑을 이야기하여 줍니다.

단꿀

불교우화에 나오는 유명한 이야기입니다.

한 사람이 길을 걸어갔습니다. 그는 우연히 들판에서 만난 성난 코끼리에게 쫓겨 우물터로 달아나게 되었습니다. 등나무 덩굴로 덮인 우물엔 두레박줄이 있었고, 그 사람은 그 줄을 타고 우물 안으로 피신하였습니다. 그런데 말라버린 우물 안엔 독사가 똬리를 틀고 혀를 날름거리고 있었습니다. 위에는 코끼리가, 아래엔 독사가 있으니 이러지도 저러지도 못하는 처지였습니다. 그런데 가만히 보니 두레박줄은 썩은 동아줄이었고, 어디서 나타났는지 흰 쥐와 검은 쥐가 그 줄을 갉아대고 있었습니다.

코끼리가 으르렁거리며 지키고 있는 동그란 하늘로 꿀벌들이 잉잉거리며 날았습니다. 보랏빛 등꽃 무성한 가운데 벌집이 있었는데 이상하게도 그 벌집에서 꿀이 '똑, 똑' 떨어져 동아줄에 닿아 흘러내렸습니다. 꿀은 위기에 처한 사람 앞으로 흘러내렸고, 그 사람은 갑자기 허기가 져 노란 꿀을 혀로 핥아 먹었습니다. 꿀은 달았습니다. 꿀을 먹으며 그 사람은 잠시 어려운 자신의 처지를 잊었습니다.

'아 달아. 참 달구나.'

찰나의 순간이지만 이것이 그가 품은 생각의 전부였습니다.

이 우화는 너무나 유명해서 전하는 이에 따라 내용도 조금씩 다르고 그 해석도 받아들이는 이에 따라 천차만별입니다. 가는 길은 인생의 여정이며, 코끼리는 우리가 처한 현실의 난관이고, 우물은 우리가 사는 사바세계, 동아줄은 유한한 생명, 흰 쥐와 검은 쥐는 낮과 밤을 의미하는 세월이라고 합니다. 꿀은 무엇일까요. 꿀은 쾌락이며 욕망이라고 합니다. 그러나 잠시의 쾌락과 욕망을 깨달음으로 보는 이도 있습니다.

인간은 유한한 존재이며 언제나 불안한 존재입니다. 숱한 시련과 절망이 그 존재를 압박합니다. 그래서 하루하루가 고통스럽습니다. 매일매일 죽음의 공포, 느닷없이 닥치는 어떤 사고에 대한 불안이 엄습합니다. 사람은 상실과 박탈감, 배반과 악의 음모 가운데에 늘 노출되어있습니다. 그렇다고 늘 사람에게 어둡고 쓰라린 일만 있는 것은 아닙니다. 고통 속에서도 사람은 즐거움을 찾습니다. 주위 모두가 악의 눈초리로서만 존재하는 것은 아니기 때문입니다. 주변엔 따뜻한 눈길로 자신을 돌보는 가족이 있습니다. 주변엔 아름다운 사람이 있게 마련입니다. 그래서 사람은 때로는 아프지만 때로는 행복감을 느끼게 됩니다.

티베트의 달라이 라마에게 누가 물었답니다.

"달라이 라마여. 저는 삶이 괴롭고 삶이 삭막하고 삶이 어둡습니다. 제가 어떻게 해야 이 난관을 극복해낼 수 있을까요."

달라이 라마는 빙그레 미소를 지으며 단 한 마디를 말했다합니다.

"친절하십시오."

친절은 가장 쉬운 말입니다. 하지만 그것을 실행하기 위해선 타인을 이해하는 마음이 있어야 합니다. 그것은 배려이고 사랑의 마음입니다. 사람은 관계로서 존재하고 관계를 가짐으로써 삶을 영위합니다. 친절은 사람을 부드럽게 하고, 친절은 마음을 늘 편안하게 하고, 친절은 삶의 관계를 튼튼히 합니다. 친절은 서로에게 주는 꿀과도 같은 것입니다.

꿀은 쾌락과 욕망이 아니라 자연이나 신이 주는 은혜일지도 모릅니다. 꿀을 먹고 힘을 내 난관을 극복하라는 뜻으로 생각하면 어떨까요. 모든 일은 생각하기 나름이란 말이 있습니다. 부정적인 마음보다 긍정적인 마음으로 세상을 살아간다면 생이란 결코 위태롭거나 어두운 것만은 아님을 알 수 있습니다. 단순한 이 생각이 어쩌면 삶의 지혜요, 힘일지도 모릅니다.

'아 달다. 힘을 내야지. 저 코끼리가 나를 도울지도 모르잖아?'

그렇게 마음을 먹는다면 그 사람에겐 분명히 좋은 일이 생길 게 틀림없습니다. 꿀벌이 잉잉 나는 동그란 우물 테두리의 하늘이 어떤 신의 구원 같은 세계일지도 모르니까요. 두려워 말고 올라가야 합니다. 흰 쥐와 검은 쥐가 갉아먹는 밧줄은 꿀이 흘러 단단해질 것입니다. 흰 쥐도 검은 쥐도 꿀을 빠느라 동아줄 갉는 일을 멈출지도 모릅니다. 자연은 불가사의한 신비를 늘 품고 있으니까 말입니다.

도토리묵밥

도토리묵밥의 유래: 양평에 가면 자연을 소재로 그림을 그리고, 사진을 찍으며, 글을 쓰는 분이 계시니 바로 이신옥 님이다. 마당 주변에 다투어 피고 지는 꽃들과 비밀스런 은어로 정다운 이야기를 나누는 님은 마루 밑에서 고단한 몸을 뉘인 임신한 개엄마와 하루 종일 세상 돌아가는 이야기에 꽃을 피운다. 나무와 숲의 요정들과 조요照耀히 노니는 님은 봄, 여름, 가을, 겨울 사계절 모두 제가끔씩 아름다워 그 속에 푹 파묻혀선 대처로 나오는 일이 여간해선 드물다.

이러한 님은 작년에 뒷산의 도토리를 주워 마당 햇볕에 잘 말리고 옥절구로 곱게 빻아 만든 도토리가루를 두 봉지나 보내주었다. 시골에 은거하여 두문불출하는 변방시인은 함께 보내온 산밤을 야금야금 깨물어 깊은 겨울밤을 어찌어찌 보냈으나, 도토리는 아예 기억조차 못했다. 간간이 그의 그림이나 글을 접할 때마다 양평은 부엉이 울어 울어, 적막히 숨어드는 깊은 산속 메아리로 들릴 뿐이었다.

겨울 가고 봄이 되니 변방시인은 시절 모르는 나비 한 마리로 눈이 떠져, 이리저리 꽃도 없는 들판을 헤매었고 어디 탁한 옹달샘이나 얻어걸리면 만취하여 비틀거리다가 제 보금자리로 돌아오기 일쑤였다. 그러나 몸은 점점 피폐해지니 무엇으로 생을 지탱할 수 있단 말인가. 그러다 문득 오늘 도토리가루가 생각났고, 그 도토리가루는 내 구원의 메시지로 이신옥 님을 떠올리게 했다. 이에 나는 과감히 묵을 쑤기로 작정하고 이 레시피를 만들었다.

재료: 이신옥표 도토리가루 1컵, 물 5컵 (1:5)

1. 냄비에 도토리가루와 물을 넣는다.

2. 나무주걱으로 젓는다. 10여 분. 이 도토리가루는 좀 시건 방져서 풀럭풀럭 콧방귀를 뀌는데 성질 좀 죽이고 공손히 火를 줄인다.

3. 계속 한쪽으로만 10여 분 또 젓는다. 자신의 방향을 바꾸지 마라. 이 묵은 배신하여 날아다니는 철새정치인을 제일 싫어한다.

4. 힘들지? 그럼 노래하라. "깊은 산속 옹달샘 누가 와서 먹

나요~"한 곡조 하다보면 "개뿔~" 하고 풀럭 크게 콧방귀를 뀌는데, 그러면 젓던 것을 중단하고 불을 끈 뒤 20분 가량 뚜껑을 닫고 뜸을 들인다.

tip/ 소금을 약간 넣는다. 들기름이나 참기름 한 스푼 넣는 것은 자유민주주의사회에서 '제 맘대로다'.

5. 손가락으로 꾹꾹 눌러보라. 손가락이 첼로 줄 튕기듯 둥둥 소리를 낼 것이다. 그럼 탱글탱글 이신옥표 묵이 완성된 것을 확인하게 된다.

6. 묵사발을 준비하고 묵밥이든 묵국시든 뭐든 귀하의 소신대로 맛나게 뇌물 먹듯이 배불리 먹어주시면 된다(윗대가리에게 아첨질하다 부정한 짓으로 감옥에 간 한 모 공무원의 이야기).

효과: 이로 하여 나는 눈이 다시 떠지고 서러운 봄날이 처연히 오고감을 바라볼 수 있었다. 저 먼 나라로 날아갔던 닭 한 마리 몰래 돌아와 몸져누웠다는 소식을 들었다. 묵사발 보내주면 처묵고 나으실까.

어제 황문성 사진작가가 춘천에 왔다. 회색구름이 뭉텅이로 몰려다녔다. 이따금씩 해가 났다. 우린 순메밀막국수를 먹고 내 동생 노정균이 운영하는 카페 '봉의산가는길'에서 차를 마셨다. 노정균 님, 황문성 님, 나는 십만 년 전부터 친구인 것처럼 이야기했다. 그리고 우리 둘은 소양댐 콧구멍다리에서 저녁 물안개를 보았다.

칠만 년의 긴 세월이 흘렀다. 해질 무렵 유지매미들의 연주가 미루나무 숲에서 바람처럼 울어대자, 제자 허태풍이 레일로드 666 몽몽호를 타고 왔다. 우린 그몽몽호에 승선하여 청개구리가 만드는 '콩이랑두부랑'에서 청개구리두부와 콩물국수와 춘천막걸리를 마셨다. 스위스에서 공수되었다는 마법의 안개술 압생트도 마셨다.

나는 안개를 한 아름 안고 집으로 왔다. 오래오래 잤다.

밀양이라 부르니 아리랑이 되네

날 좀 보소, 날 좀 보소, 날 좀 보오소오
동지섣달 꽃 본 듯이 날 좀 보오소오
아리 아리랑 쓰리 쓰리랑 아라리가 났네
아리랑 고개로 날 넘겨주소

- 〈밀양아리랑〉

밀양은 그렇게 해바른 언덕을 넘는다. 동지섣달에 피는 꽃
은 설한의 꽃이 아니다. 그 밀양의 꽃은 마음에서 저절로 피
는 꽃이다. 무심하게, 그냥, 향기처럼 피어나는 우리네 꽃이다.
거기에 무슨 구차한 이름이 굳이 필요하겠는가.

밀양은 그대로 밀양이다. 혀 구르는 소리이다. 밀양은 울대
를 울리는 목구멍소리이다. 구르면서 긴 여운이 남는 소리이

다. 그렇게 〈밀양〉을 부르면 꽃이 되고 음악이 된다. 해바른 언덕길에 오른 양, 따스한 느낌의 가락이 된다. 한자로 풀이하면 밀양密陽은 깊고 그윽한 양지가 아니던가. 역설적이게도 그 꽃을 '동지섣달 꽃 본 듯이'라고 한 것은 대체 무슨 이유일까. 동지섣달에 그런 꽃이 피기는 한다는 건가. 밀양 사람들은 그 깊은 속뜻을 안다. 그 함축미가 갖는 아름다움을 안다.

그리하여 나는 문득 황진이의 시를 떠올린다. 동지섣달 긴긴 밤의 한 허리를 베어내어 임 계신 구중심처에 굽이굽이 펴리라던 황진이를 떠올린다. 그렇다고 밀양의 꽃이 황진이란 말은 아니다. 비유하자면 그렇게 밀양의 꽃은 긴긴 동지섣달 밤에 홀로 핀 한 송이 꽃과도 같다는 말이다. 깊고 깊은 사랑을 나누기 위해 향기를 내뿜는 유혹의 꽃과도 같다는 말이다.

그래서 밀양아리랑은 멋진 로맨스의 가락인 것이다. 이 어여쁜 꽃을 보라고 채근하는, 어서 날 좀 보지 않고 뭘 하고 있느냐고 책망하는 듯한, 그리하여 나를 안고 그 사랑의 엑스터시 고개를 넘어보자는, 은근한 유혹의 노래가 바로 밀양아리랑이다.

밀양엔 밀양의 꽃이 핀다. 행주치마를 입에 문 수줍은 꽃이 핀다. 여인의 웃음이 방싯 벙글어, 인사가 없이도 눈빛 하나로 임의 귀에 속삭이는 꽃이 핀다. 어서 아리랑 고개를 넘자고. 아리랑 아리랑 아라리가 나듯이 넘어가 보자고. 덩더쿵 흥에 겨워 어깨춤이 나서, 저 남촌강 물결처럼 흘러서 흘러서, 아라리 아라리 굽이치자고.

밀양아리랑은 슬픈 아랑전설을 끼고 흐르지만, 그 가락이 결코 슬프지 않은 것은 밀양인의 낙천적인 성격 때문이다. 그래서 나는 밀양아리랑을 사랑한다.

국민노래인 경기아리랑은 내겐 너무 구성져서 싫었다. 가시는 님 발병이나 나라는 가시 돋친 노래보다는 밀양아리랑의 뜨거운 사랑 노래가 더 아름답고 듣기가 좋았다.

어려서 나는 밀양아리랑을 즐겨 불렀다. 들에서도 불렀고, 고갯마루에서도 불렀고, 고기를 잡다가도 불렀고, 좁은 오솔길에서도 불렀다. 뜻이야 어린 나이에 뭘 알겠는가. 다만 그 흥겨움에 뛰어가면서도, 고기를 잡으면서도 부를 수 있는 건 밀양아리랑 뿐이었으니까.

정선아리랑은 너무 구성지고 단조롭고 중얼거리듯 하여 싫었고, 진도아리랑은 잘 몰랐다. 나중에 진도아리랑을 들었으나 역시 어딘가 호흡이 길고 늘어졌다.

그러나 밀양아리랑은 달랐다. 경쾌했다. 슬프지 않았다. 가사도 재미있었다. 어렸을 때 나는 라디오에서 흘러나오던 그 밀양의 가락과 가사에 금세 친숙해졌다. 그런데 이상한 것은 밀양아리랑을 부르는 사람은 그리 많지 않다는 점이다. 밀양아리랑의 세마치장단이 다른 아리랑보다 경쾌하고 빠르고 흥겨움에도 말이다.

왜 밀양아리랑은 경상도 지방만의 아리랑으로 떠돌아다니는 걸까. 그건 무슨 이유일까. 곰곰이 생각해보니 겨레의 정서와 무관하지 않았다. 우리 겨레는 한이 서리서리 맺힌 겨레라고 한다. 그래서 한 서린 노래가 정서에 맞아떨어졌다. 굽이굽이 슬픔처럼 흐르는 건 눈물이요, 한숨이었다. 그게 우리 역사였고 우리의 슬픈 정서였다. 어느새 우리 겨레는 슬픔에 익숙해져 구성지게 흘러가는 노래를 즐겨 불렀던 것이리라. 그리하여 밀양아리랑의 즐거움은 뒷전으로 밀려났는지도 모른다.

또 한 가지가 있다. 아랑전설과의 밀착이 부른 어정쩡한 관계 때문이다. 이건 아무리 생각해보아도 불가사의한 일이다. 밀양아리랑은 아랑의 슬픈, 무슨 한 서린 귀신 설화와 접목하지 말았어야 했다. 대개 사람들은 아랑전설이 밀양아리랑을 낳았다고 믿고 있다. 글쎄 천만의 말씀이다. 아랑의 한 서린 가사를 끼워 넣은 이는 바로 그런 사람들이 아닐까.

대체 무슨 이유로 밀양아리랑에 그것이 깃들게 되었을까. 우스갯말로, 아마도 누군가 아랑을 널리 홍보하기 위한 씨엠송으로 밀양아리랑을 택한 것이 아닐까. 슬픈 아랑의 전설이 안쓰러워 그 슬픔을 떠나보내기 위해 경쾌한 밀양아리랑의 흐름에 몸을 실은 것은 아닐까.

밀양아리랑의 리듬에 아랑의 전설이 과연 맞는다고 생각하는가. 관심을 조금 기울여본 사람이라면, 가락과 가사의 어설

픈 관계를 우린 금세 눈치챌 수 있다. 밀양아리랑은 아랑의 전설 이전부터 불려온 것이 틀림없어 보인다.

아랑의 전설이 낳은 아리랑이었다면 좀 더 슬프고, 좀 더 애잔하고, 좀 더 안타까워야 한다. 아리당다꿍 쓰리당다꿍 아라리가 났네, 하는 잦은 진양조의 가락이어서는 안 된다. 엉덩이를 들썩이며 물동이를 손바닥으로 치는 아낙의 동작이어서도, 농부가 지게 작대기로 지게를 두드리는 가락이어서도 안된다. 그 가락엔 끔찍한 살해를 당한 한 많은 아랑의 귀기가 서려있는 곡조는 아니더라도, 〈한오백년〉 같은 유장하고 절절한 가락은 아니더라도, 최소한 구슬픈 애조가 밑바탕엔 깔렸어야 옳다.

그런데 밀양아리랑은 임과의 사랑을 갈구하는 우리 서민의 노래가 아니던가. 너나 나나, 어린이나 어른이나, 늙은이나 젊은이나, 아낙네나 남정네나 할 것 없이 흥겨운 어깨춤이 절로 우러나는 노래가 아니던가. 또한 일제강점기 때는 광복군가로 그 기상을 드높인 가락이 아니던가.

밀양의 아리랑은 한과 체념과 울음의 아리랑이 아니다. 수탈에 목 놓아 우는 노래가 아니다. 밀양아리랑은 그리움의 아리랑이고, 뜨거운 피가 흐르는 사랑의 노래이고, 슬픔에도 웃을 줄 아는 우리 겨레의 낙천성에 바탕을 둔 노래이다. 밀양아리랑은 이 나라의 가장 아름다운 언덕을 넘는 우리 겨레의 유일한 희망의 노래요, 즐거움의 노래이다.

오늘 EBS 방송을 보았습니다. 모 중학교 선생님 한 분이 운동장 한가운데에 이젤을 놓고 켄트지 위에다 'ㅂㅅ'을 써놓았습니다. 학생들이 쉬는 시간에 몰려나왔습니다.

"뭘 쓴 거지?"

학생들이 한마디씩 했습니다. 놀랍게도 80% 이상이 '병신'이라는 단어를 떠올렸습니다. 간혹, 비상-밥상-보수 같은 낱말이 튀어나왔으나 대개는 병신이라 말했습니다. 학생들이 대화 중에 늘 일상적으로 쓰는 말이었기 때문입니다.

학생들 말 속에는 비속어와 은어가 문장과 문장 사이에 섞여 있게 마련이라고 합니다. 그러나 어찌 학생뿐이겠습니까. 어른도 그렇습니다. 심지어 언어를 입으로 삼는 문인들에게도 비속어가 횡행함을 흔하게 볼 수 있습니다.

저 또한 거기에서 자유로울 수 없는 사람입니다. 어떤 일에 대하여 분노한 나머지 이성을 잃고 욕설을 퍼부은 적이 한두 번이 아닙니다. 명색이 전직 국어교사요, 말을 갈고 다듬어 쓴다고 하는 시인인 저 자신도 별 생각 없이 낯 뜨거운 짓을 저지르곤 하였습니다. 이 모두가 생활 속에서 습관처럼 써오던 말이었기 때문입니다. 그런 언어가 일종의 자기과시이고 허세임을 알면서도 늘 입버릇이 되어있기 때문이었습니다. 그런 포악의 언어가 가져올 '상대방의 상처'엔 전혀 아랑곳도 하지 않고 말입니다.

앞으로 조심하겠습니다. 부끄러운 언사를 자제하겠습니다. 오늘 이 'ㅂㅅ'을 자기반성의 계기로 삼겠습니다.

밥이 부처이니 꼭꼭 씹어 드세요

템플스테이. 몸과 마음을 '절에다 내려놓고 쉼'이란 뜻이라고 한다.

나는 누구일까. 나는 지금 어디에 서있는 걸까. 나는 또 어디로 가는 걸까. 한 번쯤 이런 의문을 가지지 않은 이는 없을 것이다. 또한, 나는 왜 이리 고단하고 지쳐있을까. 마음이 왜 이리 어수선할까. 어디, 내 지치고 고단한 육신을 쉬게 하고 마음을 맑게 하는 곳은 없을까. 이런 바람을 한 번쯤 하지 않은 사람도 없을 것이다.

그래서 사람들은 절로 간다. 신자이든 아니든 거기 절이 있으니까 간다. 나를 위로하고 나를 쉬게 할 절이 차 한 잔 놓고 기다리고 있으니까.

나도 그랬다. 나도 평범한 한 사람으로서 때로는 괴로워했고, 때로는 지쳤고, 때로는 고단했었다. 사랑하는 이와 다투기도 했고, 친한 벗과 틀어지기도 했고, 먹고사는 일에 지쳐 힘들어하기도 했다. 나는 떠나고 싶었다. 버스는 나를 대구로 실어갔다. 동화사 일주문 앞에 홀로 선 그날은 겨울이었다. 눈발이 날렸다. 솔바람 소리가 깊게 울었다. 내 귀엔 무슨 아우성처럼 들렸다. 왠지 음산했다. 나는 일주문 앞에서 잠시 망설였다. 그러나 문짝 없는 일주문을 나는 어느새 들어서고 있었다.

저녁 공양을 마친 나는 마루에 앉아 종각에서 울리는 종소리를 들었다. 눈이 계속 내리고 있었다. 아귀들이 종 치는 시간만큼은 휴식을 취한다고 했다. 나도 아귀나 다름없지 않을까. 입재식入齋式을 마치고 10시에 잠자리에 들었다. 솔바람 소리는 더 깊고 더 가깝게 내 귓전을 울렸다. 나는 잠이 깨었다 들었다 하면서 뒤척였다.

새벽 3시에 기상하여 경내를 돌았다. 눈은 그쳐있었다. 팔공산 하현달이 얼음 같았다. 새벽에 그친 눈이 아프게 밟혔다. 나는 스님의 목탁소리를 들으며 천천히 걸었다. 모두들 조용히 눈을 밟았다. 새벽에 일어나 경내를 한 바퀴 도는 것을 도량석이라 한다 했다. 잠을 설친 나는 나 자신을 깨우기가 힘들었다. 그러나 추위는 곧 나의 잠을 십만 팔천 리나 멀리 쫓아내주었다.

법당에서의 새벽예불은 으스스 추웠다. 하지만 108배는 내

추위를 따뜻하게 감싸고 덮혀주었다. 염주를 손가락으로 한 알 한 알 넘기면서 아내를 생각하고, 아이들을 생각하고, 어머니를 생각했다. 이게 아니다 싶어 먼저 어머니를 생각하고, 아이들을 생각하고, 아내를 생각했다. 그러다가 염주 세는 일을 잊어버렸다. 세속의 일은 씻어내야 했다. 나를 짓누르는 생각을 놓아야 했다. 다시 일념으로, 하나하나 염주를 넘기고 세면서 108배를 마쳤다.

아침 발우공양은 고요했다. 여기선 모두들 먹기 위해 덜그럭거리고 아우성치고 쩝쩝거리지 않았다. 그래서 여기 이분들 모두는 먹기 위해 남을 주먹질하고, 먹기 위해 남을 음해할 것 같지 않았다. 여기 이분들 모두는 자신을 쉬게 하고자 왔기에, 자신을 찾고자 왔기에, 그 발심 하나로 아름답게 밥을 먹을 수 있을 것 같았다. 그런데 나는 어떤가. 나도 그런가?

"불가에서 발우공양은 제일 첫 번째의 수행입니다."

첫날 템플스테이를 설명하면서 스님이 한 말이었다. 스님은 밥을 먹음으로써 욕심을 버릴 수 있다고 했다. 도대체 무슨 소린지 이해할 수도, 동의할 수도 없었다. 먹는 것 자체가 살기 위한 욕심이 아니던가.

"꼭꼭 씹으세요, 천천히. 밥이 부처이니."

밥이 부처라고? 이 무슨 해괴한 소리란 말인가. 그럼 부처를 씹으란 말인가. 까맣게 옻칠이 된 발우는 단정하고 깔끔했다. 밥, 국, 찬, 물. 내 앞에 놓인 이 밥그릇은 농부의 땀으로 이루어진 밥이요, 국이요, 찬이었다. 아니 그 이전, 우주의 겁을 통해 여기에 온 밥이었다. 이 음식이 어디서 왔는가. 내 덕행으로 받기가 참으로 부끄럽네.

나는 조용히 밥그릇을 들어 밥알을 씹었다. 조용히 나물을 들어 천천히 씹었다. 오래오래 입을 우물거려 씹었다. 밥이 달았다. 언제나 급하게 빨리빨리 먹던 내가, 후루룩대며 국물을 들이키던 내가, 밥알을 몇 번 씹지도 않고 삼키던 내가, 정말 천천히 느리게 밥을 먹었다.

다 먹은 다음엔 물에 씻은 김치 하나로 그릇을 깨끗이 닦았다. 김치조각을 마저 먹고 나서, 그릇 닦은 물을 마셨다. 보자기로 물기를 깨끗이 씻어낸 발우는 반짝반짝 윤이 났다. 개수대 물을 튀기면서 덜그럭거리던 설거지가 여기선 아주 조용히, 빛이 나면서, 말끔히 끝났다. 밥알 한 개, 찌꺼기 하나 남지 않았다.

그릇은 아름다웠다. 아, 그릇은 욕심을 비워냈구나. 자신에 든 모든 것을 내게 주었구나. 나는 이 그릇의 비움으로 몸의 생명과 마음의 힘을 얻었구나. 그래서 그릇은 빛날 수 있었구나. 발우공양은 그냥 밥 먹는 일이 아니라 수행이란 말이 이제 이해가 될 것 같았다.

겨울 산사의 오솔길은 눈부셨다. 밤새 내린 눈으로 나무들은 순결했다. 시인 프로스트는 두 갈래의 오솔길 중 좁고 어두운 길을 택했었다. 시인은 그 길이 자신의 길임을 깨달았다. 나는 안행雁行을 하면서 나의 길이 어디쯤에 있는가를 마음속에 그렸다. 숲은 깊고 그윽했다. 이 길 끝에 과연 나의 길이 나타날 것인가.

돌아와 차를 마셨다. 차는 맑았고, 문살에 비치는 오후의 햇살은 오동나무 그림자를 드리워 주었다. 우리는 나직이 서로가 서로에게 말했다. 그래도 모든 소리를 들을 수 있었다. 고함지르지 않아도, 핏대를 올리지 않아도 되었다. 우리는 속삭이듯 말해도 다 알아들었다.

밤이 깊어 참선의 시간, 나는 결가부좌를 틀었다. 아팠다. 무릎이 바닥에 닿지 않았다. 그래서 반가부좌만 했다. 사실 내겐 화두가 없었다. 그냥 배꼽 밑 단전에 숨을 넣고 뱉고 했을 뿐이었다. 초심자는 그것부터 해야 한다고 했다. 숨을 들이쉬고 내쉬는 것은 수행자의 기본자세라고 했다. 잡념 없이 들이쉬고 내쉬고를 반복했다.

하지만 잡념이 먼지처럼 자꾸 일어났다. 그러자 머리에 열이 올라왔고, 등이 뜨거웠고, 땀이 났고, 호흡이 가빠왔다. 마음을 고요히 가라앉혀야 했나. 솔바람 소리를 들었다. 그런데 왠지 아우성 소리가 아니었다. 억겁을 돌아와 나를 고요히 흔드는 침묵의 소리였다. 나는 어느새 몸이 가벼워지는 느낌을 받았다.

그날 밤, 나는 그 솔바람 소리에 깊은 잠이 들 수 있었다. 나는 나의 길을 찾은 듯이 여겨졌다. 아니 최소한 그 길을 발견할 것만 같이 여겨졌다. 여기 이 세상은 꿈일까. 아니다. 여기 이 세상은 나를 있게 하는 참의 세계일지도 모른다.

이튿날, 새벽예불 시간의 108배는 가벼웠다. 회향식이 있기 전에 다도회가 있었다. 템플스테이에 참가한 소감들을 각자 말하고 스님의 법문을 들었다. 스님의 말씀 중 내 귀에 들어온 것은 단 두 마디였다.

"밥은 꼭꼭 씹어 드셨습니까. 잠은 잘 주무셨나요?"

그래서 나는 마음속으로 두 마디를 대답했다.

'밥은 달았습니다. 나는 솔바람 소리를 들었습니다.'

산이 너희에게

　제발 집적거리지들 마. 날 그냥 내버려둬. 그럼 난 너희들에게 산들바람과 푸른 숲의 향기와 짙은 녹음들을 보여줄게. 그리고 갖가지 색깔의 단풍들과 눈 덮인 겨울 산의 허허로움도 보여줄게. 그래서 그대들의 잃어버린 꿈들을 찾아줄게.

　인간들아. 날 그냥 그대로 내버려두면 안 되겠니? 자꾸만 내 머릴 밟고 올라서려고들 하지 마. 난 머리가 너무 아파. 아플 뿐더러 가슴조차 답답해지고 있어. 대체 난 앞으로 어찌해야 할지, 도저히 나를 지탱하고 버틸 수가 없구나. 그만 멈춰주면 안 되겠니? 너희들은 무슨 이유로 자꾸만 산에 오르려는 거지? 난 이해할 수가 없어.

　히말라야 에베레스트를 최초로 정복한 에드먼드 힐러리가 말했다지.

"산을 왜 오르셔요?"

"그거야 산이 거기 있으니까요."

참 황당한 이 대답이 등산인들의 명언이 되어 인구에 회자되고 있다더군. 천이백 년 묵은 향나무가 어느 날 내게 들려준 말이야. 누가 제일 먼저 그 봉우리에 올랐나. 누가 얼마나 많이 봉우리를 점령했나. 그게 너희들이 가진 관심사지. 그리고 우린 허리가 짓밟히고 머리가 퉁퉁 부울 지경이 되지.

티베트 사람들은 필요할 때만 산을 오르지. 더 먼 곳으로 가기 위하여, 최소한의 삶을 살아가기 위하여, 이웃을 만나기 위하여 산마루 고개들을 오르고 넘지. 산이 그냥 거기 있으니까 오르는 건 아니야. 최소한의 자기 삶을 위하여 그들은 산을 오를 뿐이야.

이젠 남의 나라까지 가서 그 산을 더럽히고, 그 산을 생채기 내고, 그 산에 온갖 오물과 쓰레기들을 버리고 오지. 그 산을 정복한 사람들은 무슨 큰 국위나 선양한 양, 무슨 넉넉하고 경건한 일이나 행한 성자인 양 행세하고 말이야. 산이 거기 있으므로!

사람들은 그들을 마냥 흠모하고 그들이 나온 티브이를 보고, 그들의 이름이 박힌 등산복을 입고, 그들의 이름이 박힌 등산화를 신고, 그들의 이름이 박힌 등산모를 쓰고 산을 오르지. 산봉우리 정상이 거기 있으므로.

이젠 그런 수고로움까지 덜어줄 아량으로 산 정상까지 케이블카를 놓아준다는군. 많이 많이들 오르셔서 호연지기를 기르셔요. 고래고래 외쳐주셔요. 이게 다 나라의 수입이 되고 지 자체의 수입이 되어 결국 여러분에게 다시 그 혜택이 돌아들 간답니다. 얼마나 고마운 말인가. 얼마나 눈물겨운 인간적인 배려인가. 인간적인 너무나 인간적인 그 배려로 하여 산과 골 짜기는 아프다. 몹시 아프다.

소식을 듣자하니 설악산 대청봉에도 케이블카를 놓는다 하니 이젠 힘 안들이고 오르게 되었구나. 1년에 100만 명 이상이 찾아올 거라 하니(지금도 대청봉엔 30만 명이 넘게 찾는다는데) 화장실이 얼마나 세워질까를 생각해보았니. 그 숱한 화장실의 오물들, 쓰레기들, 그 숱한 함성들, 그것들 때문에 산이 얼마나 괴로워하고 있는지를 한 번쯤 생각이나 해보았니.

제발 나를 좀 쉬게 해다오. 제발 내 품에서 아름다이 삶을 살아가는 온갖 식물들, 곤충들을 놀라게 하지 말아다오. 조용조용히 산을 오르고 조용조용히 산을 내려가다오. 산양들의 서식지를 뒤지지 말고, 노루를 쫓지 말고, 멧새들을 함부로 날려 보내지 말아다오. 그러면 너희들에게 아름다운 녹음과 맑고 신선한 바람과 먼 그리움들을 늘 선물해주마.

너희들이 나를 쉬게 할 때 난 더욱더 푸르러지고, 난 더욱더 깊어지고, 난 더욱더 아름다워짐을 너희들은 느끼게 될 거야.
난 화내고 싶지 않단다. 그러나 너무 아프면 나도 화를 낸다
는 것을 알아다오. 그걸 너희가 깨달았을 때 이미 모든 것이
늦어져 버렸음을 너희는 이내 알게 될 거야.

　나는 지금 너무 피곤하여 쉬고 싶을 뿐이다.

상상의 마을

'유쾌한'이란 말은 참으로 유쾌하다. 유쾌한 상상의 마을에 가면 과연 무슨 유쾌한 일이 일어날까를 곰곰이 생각해보았다. 이루어질 수 없던 것도 이루어지고, 만날 수 없는 이들도 그곳에서 만나고, 내 상상 속의 푸른 꽃이 피고, 물고기가 공기 속을 헤엄치고, 유리집들이 반짝거리고, 푸른 굴뚝에서 솟는 푸른 연기가 모두 구름이 되고 비가 되고 눈이 되어 내리고, 번개 치는 곳에 예쁜 요정들이 태어나고, 못난이가 갑자기 예뻐져서 엉엉 우는 그리고 예쁜이가 못난이가 되어 좋아라 웃어대는 좀 이상한 언덕이 있고, 샤갈이 그린 눈 내리는 마을이 있고….

그런 마을이 있다면 과연 난 그곳에서 무슨 일을 할 수 있을까. 나는 정말 그곳에서 행복해질 수 있을까.

〈바람구두를 신은 사나이〉 시인 랭보를 미치도록 사랑한 동성애자 폴 베를렌. 랭보는 스무 살까지 시를 쓰고 그 후는 방랑으로 일생을 마쳤다. 그는 방랑의 시를 살다 쓸쓸하고 고통스런 죽음을 맞이했다. 혹시 랭보의 환생이 내가 아닐까 하는 생각. 부질없음.

오어사는 어디에 있나요? 오어사는 실제로 있었다. 저 먼 남쪽에. 밤꽃 마을. 빨간 장미울타리와 맑은 햇빛. 그늘 속 여자. 눈썹이 참 예뻐요. 그늘 속 여자. 가만히 들여다보면 내 아내 같은 여자. 아득한 여자.

아주 최근 서울 조계사엔 이상한 나라의 페이스부커들이 몰려들었어요. 부처님은 요즘 세월호 아이들 때문에 거리로 목탁 두드리러 나가고 없었어요. 이때다 싶어 우린 천진소년 김주대 시인과 놀았어요.

김주대 시인은 그림도 그리고 즉석시도 써서 시집 하날 뚝딱 만들어냈어요. 연두색 표지의 시는 우리에게 〈사랑을 기억하는 방식〉에 대해 속삭였어요. 우린 사랑을 하나씩 간직하고 김주대 시인의 그림과 시 속으로 들어갔어요. 저도 얼떨결에 칠천 광년의 거리를 단숨에 날아 이상한 페이스부커 김주대 나라로 갔어요.

어라! 제가 좋아히는 송헌상 님이 노래를 하고 있네요. 김주대 시인의 예쁜 딸 단아 님도 노래를 하고 있군요. 아주 잘 불렀어요. 그러나 좀 슬펐어요. 목만 나온 고양이가 하늘에 떠서 야아옹 야옹 따라 불렀어요. 늘 껴서는 안 될 자리에 불쑥 나타나는 녀석이 좀 미워져 전 단숨에 쉬이 찌찌 찌이이, 하고 쥐소리를 내어 목만 나온 하늘고양이를 캄캄나라로 유인해내어선 냉큼 쫓아버렸어요. 모두들 잘했다고 박수를 쳐주었어요.

뒤풀이 뜰로 가니 세상에! 맥주 폭포가 콸콸콸 쏟아져 내렸어요. 산해진미가 이만저만이 아니었어요. 긴 국수를 만들어 내는 난장이들이 우리 다리 사이를 요리조리 빠져 다니며, 국수가락을 끌고 국수를 삶는 솥으로 달렸어요.

닭(닭이 아님)들이 털뽑기대회를 열어 상대편 털을 홀딱 벗겼어요. 닭들의 누드가 참 가관이었어요. 그들은 일렬종대 열을 지어 무시무시한 아우슈비츠 공장으로 사라졌어요. 그리고 은쟁반에 담겨 다소곳이 우리에게로 왔어요. 우린 손에 손에 포크를 잡고 닭튀김을 먹으려 했지요.

근데 웬걸요. 닭들이 갑자기 깔깔깔 웃어대더니 저마다 한 줌씩 몰래 들고 있던 닭털들을 제가끔 제 몸에다 재빨리 꽂는 거예요. 그러곤 테이블이며 의자며 심지어 우리 어깨와 머리 위를 뛰어다니고, 후다닥 날아다니며 전전 난리를 치면서 꼬꼬댁 꽥꽤액 달아났어요. 캄캄나라에 갇힌 목만 나온 하늘고양이가 야아옹 그것봐라 흥! 닭들은 참 재미난 놈들이야, 하며 약을 바짝 올렸어요. 포크만 들고 멍하니 이리저리 소란난리

피는 뽁짝뽁짝 닭들만 처다보아야 하는 저희들을 상상할 수 있으시지요? 역시 이상한 김주대의 나라가 맞긴 맞군요.

　시인들도 있고 스님도 있고 동화작가도 있고 변호사도 있고 부자도 있고 빈자도 있고 뭐뭐 참 많았지만요. 갑자기 등 뒤에서 홍정순 시인이 뿅 나타났어요. 제가 미노라고 이름한 엘리스지요. 근데요. 아주 예쁜 딸을 데리고 나타났군요. 우린 맥주분수대로 달려가 맥주를 흠뻑 맞았지요. 최관용 염소시인이 음메헤 노래하고요, 김 모 선생이 미소키타로 마냥 미소를 구름처럼 날렸지요. 김주대 시인은 풍선 타고 둥둥 떠다녔어요.

　밤 깊은 줄 몰랐어요. 어찌 제가 춘천까지 왔는지는 불가사의 비밀수첩에 적혀있지만 공개는 할 수 없어요. 그냥 아주 즐거웠다는 그런 아주 아주 먼 먼⋯.

　아니요, 아니에요. 아주 아주 최근에 일어난 이상한 나라의 이상한 페이스부커들의 이야기였어요. 그래도 세월호 잊지 말라고 노란리본을 달아주던 천사를 잊지 못해요. 고마워요, 천사님.

새의 우화

1

하얀섬엔 앉은뱅이 새들이 살았다.

날개는 길어졌어도 그들은 날지 못했다. 떠오를 수 없는 한계를 느끼며 그들은 해변에서 무료하게 잡담이나 즐겼다. 그것도 심심하면 바다로 나가 물갈퀴로 헤엄을 치면서 마냥 행복한 척했다. 그러나 왠지 신나지가 않았다. 그들은 긴 목을 바다 속으로 처박고서 물고기 떼를 찾았다. 처음엔 그리하는 척 흉내만 내고 있었다. 왜냐하면 하늘을 나는 새들의 모습을 보기가 부끄럽고 민망해서였다. 그러다가 차츰차츰 무료해져 무얼 할까 무얼 할까 망설이다, 아무거나 떠오르는 대로 곰곰이 생각에 생각을 거듭해 보았다.

그러나 정말 아무 짓도 할 수 없다는 것을 깨닫고 나서부턴 그들은 닥치는 대로 아무거나 잡아먹곤 했다. 그리고 배가 부르면 해변으로 나왔다. 걸어서 나올 땐 몸을 뒤뚱거렸고, 걸어 들어갈 땐 종종 걸음을 치는 것만이 다를 뿐 매번 같은 동작의 반복이었다. 그러다가 다시 해변으로 나와 옹기종기 모여 고개를 숙인 채로 까닥까닥 잠이 들곤 했다. 하지만 그 졸음 중에도 하늘을 곁눈질하는 새들이 있었다. 남이 눈치챌까봐 몰래 곁눈질들을 하고 있는 것이었다.

그러던 어느 날 독수리 한 마리가 하얀섬을 지나는 것을 보게 되었다. 그 독수리는 먼 여행 중인지라 지친 날개도 쉴 겸 또 먹이도 취할 겸하여 하얀섬에 잠시 머물기로 마음먹고는, 즉시 섬 중앙 바위 위에 앉아 날개를 접었다.

하얀섬은 갑자기 술렁이기 시작했다. 만약 그가 자신들의 앉은뱅이 처지를 눈치채기라도 한다면, 그건 매우 곤혹스럽고 수치스러운 일일뿐만 아니라 극도의 위험에 처해질지도 모르기 때문이었다. "여기에 타조의 사촌이 있을 줄은 미처 몰랐군" 하며 그는 마냥 비웃을 게 틀림없을 것이고, 상대의 약점을 즉시 간파한 나머지 어떤 무례한 짓을 할지 알 수 없는 일 아닌가.

그날 하루 종일 섬의 들쥐들을 마음껏 포식하고 난 독수리는 저녁 무렵이 되자 해변으로 날아들었다. 해변에 내려앉자마자 그는 다짜고찌 그들에게 물었다.

"이상한 걸? 너희들은 오늘 진종일 날지 않았어. 왜지?"

모두들 아무 말도 하지 않았다. 그들은 독수리가 섬 주위를 선회하면서 들쥐들을 공격하기 위해 급강하하는 모습을 보았었다. 때로는 바람을 타고 유연하게, 때로는 폭격기처럼 부리를 사납게 지상으로 내리꽂곤 하던 그 날렵한 모습을 똑똑히 보았다. 그때마다 독수리의 발톱엔 까만 들쥐가 어김없이 움켜져 있었고, 그는 단숨에 그놈을 공중에서 삼킨 다음 다시금 섬 주위를 천천히 돌며 탐색의 원을 길게 그리곤 했다. 그러니까 사냥 중의 독수리는 분명히 해변에 앉아있는 새들의 웅성거림을 보았을 것이었다.

"왜 말이 없는 거야?"

독수리가 다그쳐 물었다.

하지만 역시 아무도 대답하는 새가 없었다.

"너희들 보아 하니…."

독수리는 뭔가 짚이는 데가 있다는 듯이 그들을 찬찬히 둘러보았다. 그들은 잔뜩 긴장했다. 짐작건대 독수리는 자신들의 비밀을 알아버린 것이 틀림없는 것 같아 보였으니까.

"너희들 말야. 내가 무서웠던 거지, 응?"

모두들 독수리의 그 말에 안심했으나 조금은 실소했다. 독수리는 자신이 두려워 모두들 해변에서 날아오르지 못한 것으로 오해하고 있었던 게 틀림없었다. 아무리 사나운 맹조이지만 오직 단 한 마리의 독수리를 겁낼 그들이 아니었다. 그들은 명색이 이 하얀섬의 주인이었으므로.

그러나 어쩔 도리가 없었다. 날지 못하는 새의 주인 행세란 아무짝에도 쓸모없는 빈 껍데기일 뿐이니까.

"우린 네가 두렵지 않아."

그들 중 한 새가 기어드는 목소리로 겨우 한 마디 대꾸했다.

그러자 독수리가 냉소를 띄운 채 쏘아붙였다.

"두렵지가 않다? 흥, 이 겁쟁이들! 가증스럽게도!"

독수리는 그들을 맘껏 조롱했다.

"이 눈으로 똑똑히 보았는데도 말이냐? 너희들은 나를 힐끔거리며 보고 있었어. 갈매기보다도 못한 겁쟁이들이군!"

갈매기와 비교하다니! 이보다 더한 모욕이 또 어디에 있겠는가. 하지만 꾹 참을 도리밖엔 없었다. 단숨에 달려들어 독수리의 그 방자한 굽은 부리를 사납게 물어뜯고도 싶었지만, 그들은 달리지 않기로 맹세한 새들이었다. 타조처럼 달리지 않겠다는 어처구니없는 선언 때문에 그들로선 빠른 걸음으로 달려들지도 못했고, 어떻게 달려들어야 하는지 방법도 몰랐으며, 게다가 또 감히 달려들 엄두조차 낼 수 없었다. 하기야 독수리에게 달려든다는 것은 어느 누구도 감히 상상조차 할 수 없는 일이었지만.

"좋아. 이 겁쟁이 새들아."

독수리가 말했다.

"다시 한 번 오마. 내 친구들과 함께 말이다. 그때도 겁먹고
서 날 생각을 않는다면 너희들의 그 쓸모없는 깃털들을 모조
리 뽑아주고 말 테다."

독수리는 의기양양하게 검은 날개를 활짝 펴서 한껏 위엄
을 부렸다. 그런 다음 장대한 날개를 퍼덕여 앞으로 훌쩍 한
발을 떼었다. 그 날개바람에 모래먼지가 한바탕 일었다. 그 기
세에 엉겁결에 한 발짝씩 뒷걸음질을 친 것이 결정적인 실수
였다. 무거운 몸들이 갑자기 한쪽으로 기울어지면서 그들 모
두는 한꺼번에 와르르 담벼락이 무너지듯이 나뒹굴었다.

새는 뒷걸음을 치지 않는 법이다. 도대체 이게 무슨 망신이
란 말인가. 뒷걸음치다 넘어지는 꼴을 독수리에게 보이다니!
그것도 집단으로! 이때까지 살기 위해 달리지 않는다는 자존
선언은 한낱 물거품이 되고 만 꼴이지 않는가. 어이가 없었다.

어이가 없기는 독수리도 마찬가지였다. 대체 뭐 이런 꼴불
견들이 다 있단 말인가. 영리하고 눈치 빠른 독수리는 그들의
처지가 어떠한지를 금세 알아차렸다. 독수리는 석양 속에서
부리를 하늘로 쳐들어 길게 웃었다. 그는 마치 신대륙을 발견
한 탐험가처럼 눈을 반짝이며 미래의 하얀섬을 상상했다. 그
의 상상 속엔 당연히 독수리들만의 천국이 있었다.

'이놈들은 날지 못해. 정말 멍청이 바보들이지 않은가. 여긴
들쥐들만이 있는 게 아니군. 이놈들은 그들보다 더 좋은 먹이

가 되겠어.'

독수리는 그들을 흘낏 쏘아본 뒤 즉시 하늘로 날아올랐다. 그리고 이내 시뻘건 노을이 깔린 수평선 저쪽으로 사라져 갔다.

마침내 하얀섬에 최대의 위기가 찾아왔다.

독수리는 돌아올 것이다. 거대한 그들의 무리를 이끌고서. 그렇다. 하얀섬의 비극은 이제부터 서막이 시작되고 있는지도 모른다. 모두들 불안과 두려움에 온몸을 떨기 시작했다. 해가 지자 그것은 점점 극심한 공포로 증폭되어 갔다.

아아! 어찌 해야 할 것인가. 모두들 부리로 깃털을 뽑아 탄식했건만 도무지 해결방법이 서지 않았다. 하얀섬에 내린 저주는 아직도 끝이 없이 그들을 괴롭히고 있었다. 날지 못하는 비참한 슬픔과 저주받은 삶이 드디어 끝장을 보는 것일까.

"차라리…."

마침내 한 새가 참지 못하고 소리쳤다.

"폭풍아 불어다오! 그리하여 이 저주받은 섬을 날려다오!"

그의 외침이 놀랍게도 마법의 주술이 될 줄이야! 그의 외침이 끝나기가 무섭게 총총한 별들이 황급히 빛을 거두었고, 독수리가 사라진 수평선 저쪽에서부터 폭풍이 몰아쳐 왔다. 마치 독수리의 검은 군단이 몰려오듯 그 폭풍의 구름은 삽시간에 하얀섬을 휘감아버렸다.

새들은 밤바다의 으르렁거리는 소리를 밤새껏 들었다. 새들은 파도가 사납게 섬을 덮치는 소리를 들었다. 바위와 바위틈에서, 동굴과 동굴 속에서 새들은 수천 마리의 독수리들이 울부짖는 듯한 소리를 들었다. 바닷물이 섬을 뒤덮었고, 섬이 바닷물 속으로 가라앉기를 거듭했다. 그렇게 공포의 밤을 보내고 아침이 되자 폭풍우는 씻은 듯이 물러났다.

섬은 바다의 발톱에 할퀴어진 채 상처투성이의 얼굴이 되어있었다. 해안은 들쭉날쭉 다른 모습으로 변형되어있었다. 나무들은 모조리 뽑혀 나갔고, 풀들은 납작 땅에 엎드린 채 일어설 줄 몰랐다. 밤새껏 섬이 바닷물 속으로 곤두박질치기를 그 얼마였던가. 그들은 이토록 철저히 파괴된 섬을 일찍이 본 적도 들은 적도 없었다.

많은 새들이 죽었다. 정말 많은 새들이 허옇게 팅팅 불은 채 죽어있었다. 해변에 바위틈에 물이 들어찬 동굴에 부러진 나뭇가지에, 새들은 엎어지고 자빠지고 날개가 부러지고 나뭇가지에 걸린 채 건들거리며 널브러져 있었다. 그런데 놀랍게도 그 죽은 동료들의 시체에 시뻘겋게 달라붙어 꿈틀거리는 것들이 있었다.

낙지들이었다. 살아남은 새들은 분노 때문에 부리를 딱딱 떨었다. 감히 두족류 따위가! 두족류인 낙지는 그들의 주된 먹을거리였다. 그것들은 바다가 뒤집히는 바람에 거센 파도에 밀려

들어 죽은 새들의 피를 그들의 흡반으로 빨아대고 있었다.

새들은 광포한 분노에 이글거린 채 닥치는 대로 게걸스레 낙지를 잡아먹기 시작했다. 그들의 먹성은 가히 놀라웠다. 약자들은 허탈감에 빠지거나 공포에 사로잡히면 무조건 먹어대는 습성이 붙는 법이다. 그러니 이 황폐한 섬에서 마지막으로 공포와 분노에 떨며 아귀아귀 먹어댈 수 있다는 것은 그야말로 행운 중의 행운이었다. 얼마나 큰 은혜로움인가.

그들은 목구멍까지 치오르는 구역질을 느끼면서도 꾸역꾸역 낙지를 집어삼켰다. 어떤 놈은 너무 집어 먹은 나머지 해변에다 소화 안 된 낙지와 끈적끈적한 위액을 우엑우엑 토해내곤 했다. 그리고 다시 낙지들을 집어삼키는 짓을 반복했다. 어떤 새는 낙지에 걸려(낙지의 흡반이 목구멍을 꽉 물은 모양인지) 꺽꺽거리며 쓰러져 몸부림하다 동료의 시체에 엎어져 날개를 부르르 떨었다. 주위를 둘러보니 낙지를 집어삼키다가 그렇게 낙지의 흡반에 쓰러지는 새들이 한둘이 아니었다.

하얀섬은 이미 저주받은 섬임이 확신해졌다. 한 어리석은 새의 저주에 의해 철저히 파괴된 섬이었다. 게다가 미래에 다가올 끔찍한 살육은 상상조차 하기 싫었다. 독수리가 온다. 그들의 검은 군단을 이끌고서.

죽기 전에… 먹어 두자. 이들은 자포자기의 심정으로 광란의 식사를 그 아침에 가까스로 마쳤다. 더 이상 집어삼킬 낙지가 없었기 때문이다. 탐욕의 아침 식탁은 그야말로 뒤뚱거리는 새들로 우스꽝스러웠다. 그들은 비틀거리고 비틀거리고 또 비틀거렸다. 비틀거리면서 서로 서로 몸을 부딪치고 나뒹굴고 쓰러졌다. 어느 놈은 다른 새가 목을 밟고 지나가는 바람에 이내 목이 부러져 버려, 다행히도 미래에 벌어질 독수리들의 살육을 면할 수가 있게 되었다.

그러다가 한 새가 우연히 한 새를 만났다. 한 새가 소리쳤다.

"이 섬에 저주를 퍼부은 새여! 그대 아직도 살아있구나!"

그러자 모두들 그 새의 주위로 벌 떼처럼 몰려들었다. 그는 "폭풍아 불어다오! 그리하여 이 저주받은 섬을 날려다오"라고 외쳤던 바로 그 새였다. 모두들 눈에 분노와 살기가 번뜩였다. 모두들 그 새를 발기발기 찢어 죽일 듯이 그를 에워쌌다. 곧바로 능지처참의 형이 시작될 참이었다.

"저주를 내린 새여. 각오해라!"

그 찰나였다. 아니 그 찰나의 찰나였다.

"봐라! 독수리다!"

그 소린 폭풍과도 같았다. 그 소린 모두에게 깊은 절망을 안겨주었다. 아! 벌써 왔단 말인가? 모두들 오금이 얼어붙는 두려움을 느꼈다. 어디서, 누가, 독수리의 출현을 알렸는지 돌아볼 용기조차 내지 못했다. 그때 또 한 번의 외침소리가 들려왔다.

"봐라! 여기에… 죽어있잖아!"

모두들 제 귀를 의심했다. 죽었…다? 그 마지막 말이 모두의 시선을 이끌었다. 해안 저쪽에 한 새가 서있는 모습이 눈에 들어왔다. 그의 발밑에는 검은 시체가 파도에 씻기고 있었다. 그들은 소리 나는 해안 쪽으로 뒤뚱거리며 조심스럽게 걸어갔다. 그러나 능지처참형(부리로 갈갈이 찢어죽이는 형)에 처해질 뻔했던 새는 그 자리에서 꼼짝도 하지 않았다. 그는 이미 온 영혼이 얼어붙어 있었던 것이다. 단지 그가 할 수 있는 방법이란 웅성거리는 해안 쪽으로 간신히 눈길을 돌리는 것뿐이었다.

독수리였다! 그는 어제 저녁 이 하얀섬을 떠났던 바로 그 독수리였다! 그가 검은 폭풍 속에 휩쓸려 온 것이었다. 날개는 형편없이 구겨져 널브러져 있었고, 목은 꺾어져 파도에 이리저리 씻기면서 밀리고 흔들리고 까딱거렸다. 부리는 시옷 자로 벌린 채 얕은 파도의 거품을 들이마셨다 게워냈다 하고 있었다. 한쪽 눈알은 바위에 부딪혔는지 심하게 손상되어있었고, 옆으로 누운 한쪽 눈은 짙푸른 하늘을 원망하듯 치어다보고 있었다. 놈은 수평선 노을 저쪽으로 사라진 지 얼마 뒤 폭풍우를 만났을 것이고, 독수리들이 있는 곳까지 가지도 못하고 폭풍에 휩쓸렸을 터였다.

이처럼 한 새의 상상은 모두의 상상에 영향을 주었고, 어느 순간 은밀히, 회심이 미소를 머금으며 상상의 일치점에 도달했다. 그것은 독수리를 장렬한 죽음으로 승화시키는 동시에, 자신들이 바로 그 용맹한 독수리를 해치운 위대한 업적의 당사자로 변신하는 효과를 가져왔다. 하얀섬은 그래서 불패의 신화를 창조할 수 있게 되었다.

하얀섬을 검은 폭풍의 군단에서 굳건히 지킨 새들! 그 새들에겐 영웅이 필요했다. 아주 절실히 필요했다. 과연 그는 누구인가! 모두들 의미심장하게 서로를 쳐다보았다. 그들의 눈빛은 일치되었다. 마침내 그들은 일제히 소리쳤다.

"우리의 영웅은 바로 폭풍을 부른 저 새이다! 저 새는 우리를 독수리의 공포에서 벗어나게 했다!"

그들은 아직도 한곳에 얼어붙은 채 떨고 있는 그 새를 바라보았다. 마침내 그들은 환호성을 지르며 달려갔다. 아니 뒤뚱거리며 걸어갔다.

이렇게 하여 그 새는 모든 새들의 지도자가 되었다. 그토록 누구보다 절망했던 그 새가, 그토록 누구보다 더 심한 공포에 사로잡혀 있던 그 새가 새로운 지도자로 추대되었다. 그의 이름은 '폭풍우를 부른 위대한 마법의 새'로 정해졌다. 그로부터 하얀섬에 대한 그의 저주는 하얀섬을 수호한 마법의 주술로 둔갑되었다. 모든 새들의 기억 속엔 그가 '하얀섬을 지킨 전설의 새'로 깊이 각인되어 후세에 대대로 전해지기에 이르렀다.

하얀섬은 차츰 세월이 흐를수록 다시금 제 모습으로 회복

되어갔다. 공교롭게도 그 새를 지도자로 추대한 뒤부터 그들은 단 한 마리의 독수리도 본 적이 없었다. 그래서 폭풍우를 불렀던 지도자의 신통력이 지속적인 안락과 평화를 가져다준다고 모두들 믿기 시작했다. 당연히 그는 모든 새들의 존경과 우러름을 한 몸에 받았다. 그는 절망함으로써, 그는 절망을 외침으로써, 그는 하얀섬을 저주하고 증오함으로써, 드디어 모든 새들의 신적인 존재가 되었다.

이 왜곡된 신화는 훗날 갑자기 그 지도자가 사자울음절벽에서 떨어져 죽었을 때 하마터면 끝날 뻔했다. 하지만 새들은 침착하고 현명했다. 새들은 그 의문의 죽음을 하얀섬을 지키기 위한 살신성인으로 영원히 기억하면서 슬퍼해 마지않았다. 어쩌면 그들에겐 지극히 당연한 일이었다. 그로부터 수호새의 죽음은 하얀섬의 새로운 신화로 조작되어 모든 새들의 기억 속에 새겨졌다. 그는 이제 죽음으로써 영원한 새들의 수호신으로 거듭난 것이다. 아무도 그것을 부정하는 새는 없었다. 그게 그들의 유일한 믿음이었다. 그럼으로써 하얀섬은 존재할 수 있었다. 물론 그의 죽음에 대한 진실은 영원히 묻어둔 채였다.

2

"나는 먹지 않겠다!"

한 새가 해변에서 부르짖었다.

"우리의 무거운 몸을 줄일 방법은 먹지 않는 것밖엔 없다."

그의 말에 모두들 고개를 끄덕였다.

"우리가 날지 못하는 것은 너무 많이 먹어 몸이 비대해진 탓이다."

그의 말은 사실 조상들의 행위를 비난하는 것이었다. 그러나 아무도 거기에 이의를 다는 새는 없었다. 그것으로 그 새는 모든 새들의 영웅대접을 받았다. 그 새는 정말 먹지 않았다. 한 자리에서 꼼짝도 하지 않고 눈을 감은 채 깊은 명상에만 잠겨있었다. 그는 점점 야위어갔다. 그의 체중은 절반으로 줄어들었다. 먹지 않음으로써 그는 조상들이 애초에 가졌던 체중으로 환원되어있었다. 그는 그것으로 하여 곧장 하늘로 날아오를 수 있는 무게를 지닌 유일한 새가 된 것이었다.

그러나 그는 날아오를 수 없었다. 기력을 완전히 잃어 날개를 펼 힘조차 없었다. 그는 힘없이 고꾸라졌다. 그의 영웅적 행동은 그래서 아무 쓸모없는 것이 되어버렸다. 그 후로 그의 영웅적 행동은 무모한 행동으로 전락하여 후대에 가장 경계해야 할 본보기로 두고두고 전해졌다.

3

모두들 해변에 모여 하얀섬의 역사를 배우고 있었다. 어린 새들은 진지했다. 수업은 아주 훌륭하게 진행되고 있었다.

"옛날, 우리 조상들은 날았었다."

선생의 가르침은 엄숙했다.

어린 새들은 고개를 끄덕였다.

"이 하얀섬의 바다에선 가장 우아한 날기였었다."

어린 새들은 바다를 내다보았다. 재갈매기들이 바다 위를 날고 있는 모습이 눈에 띄었다.

"저런 잔재주나 부리는 재갈매기와는 달랐다."

선생은 재갈매기를 가리키며 어깨를 으쓱했다.

그중 재갈매기 몇 마리가 급강하를 시도하고 있었다. 바다에 앉아 이리저리 흔들리고 있는 하얀섬의 새 떼 한가운데로.

"저것 봐라. 저런 무례한…"

재갈매기들이 부리를 내리꽂기 시작하자마자, 수면 위로 한가로이 떠서 흔들리고 있던 하얀섬의 새들이 갑자기 혼비백산 물방울을 튀기며 흩어졌다.

"우리의 조상들은 저런 무례한 짓거리는 하지 않았다."

선생은 어깨를 으쓱 치커세워 분노를 나타냈으나 어쩐지 그 모습은 주눅이 잔뜩 든 표정이었다.

"흥! 무례라구?"

어린 새들은 그때서야 하얀섬의 역사가 준 현실이 어떠한가를 뼈저리게 느끼며 몸서리쳤다.

4

그는 아주 조그만 일에도 깜짝깜짝 놀라기를 잘했다. 그래서 주위의 새들은 그를 '깜짝이'라고 놀렸다. 그는 어린 티를 갓 벗어난 새였다. 하지만 겁쟁이요. 얼뜨기란 별명은 어렸을 때나 독립해서나 여전히 같은 뜻으로 불려졌다. 그는 정말 못 말리는 얼뜨기였다.

그가 먹는 물고기란 대부분이 잔챙이들뿐이었다. 새끼였을 때 그가 부모에게서 받아먹은 것이란 멸치 따위의 아주 작은 물고기거나 아니면 미역, 김, 다시마 같은 해조류가 고작이었다. 이들의 주식인 오징어나 낙지, 앵무조개 같은 것은 감히 먹을 엄두도 내지 못했다. 부모가 그것을 건네주면 그는 아예 부리를 딱 닫고서 눈을 감아버렸다. 그래서 성장이 다른 새끼들보다 느렸다. 그 탓에 또래들에 비해 몸집이 삼분의 일 정도가 작았다.

부모에게서 독립한 뒤 그가 처음으로 한 일은 혼자서 찔끔찔끔 우는 일이었다. 부모의 보호에서 벗어나자마자 그는 같은 또래들에게 시달림을 받기 시작했던 것이다. 얼뜨기는 같은 또래들에겐 최고의 놀림감이었다. 그는 아예 집단으로 따돌림을 당했다. 그는 해변에서나 바다에서나 늘 가운데 갇혀 온갖 시달림을 받았다. 그는 매일매일 외딴 해변 구석으로 가서 조용히 혼자 울었다. 모두들 그가 외딴 곳에서 우는 것을 모른 척했다. 으레 그러려니 했다.

하지만 혼자 살아간다는 것은 그에게 있어 너무나도 벅찬 일이었다. 그렇다고 부모 밑으로 돌아가 응석을 부릴 처지도 아니었다. 새들이 부모를 떠난다는 것은 완전한 독립을 의미했다. 더 이상의 보살핌은 있을 수 없었다. 더 이상의 보살핌은 그 새를 영원한 불구자로 만들 뿐이었다. 그는 이따금씩 부모를 만나긴 했지만 부모는 그저 안타까운 눈길로 이런 충고의 말을 건네곤 할 뿐이었다.

"마음이 한없이 여린 새야. 이 섬에서 네가 두려워할 것이란 아무것도 없단다. 넌 단지 놀라기를 잘하는 것뿐이지. 지금 당장 그 두려워하는 마음을 지워버리렴. 우리의 하얀섬은 가장 안전한 곳이니까. 너를 해코지할 새나 생물은 이 섬엔 아무도 없다. 우리가 이 섬의 주인이다. 비록 우리의 몸이 비대해져 날진 못하더라도 우린 살기 위해 타조처럼 달리지는 않는다. 하늘을 난다고 뽐내는 저 갈매기들도 이 하얀섬의 주인이 아니다. 우린 옛날 옛적부터 이 섬에서 나고 자라고 죽기를 칠만년을 이어왔다. 먼 조상들의 혼이 곳곳에 깃든 이곳이 바로네 행복의 터전이다. 먹을 게 풍부하니 뭐가 걱정이냐. 이뿐만아니라 우리를 해칠 어떤 것도 이곳엔 없다. 무엇이 두려우랴. 동료들의 짓궂은 장난은 네가 겁쟁이이기 때문이니 당당하고 늠름한 모습을 보여주기만 한다면 그들도 너를 함부로 대하지는 못할 게다. 그러니 얘야, 제발 징징 짜는 모습일랑 거두고 당당히 무리 속으로 나가려무나."

그는 다른 새들처럼 혼자서 먹이를 찾아야 했고, 혼자서 해변을 거닐어야 했으며, 혼자서 바다로 나가 해를 맞이해야 했다. 그는 정말 혼자였다. 어느새 그는 새들의 무리에서 멀리 떨어져 있게 되었다. 그는 무리들에게 거의 잊혀진 존재였다. 그래서 그는 자주 외로움을 탔다. 그래서 자주 혼자 울었으며, 자주 무엇에게나 깜짝깜짝 놀라기를 잘했다.

그러던 어느 날, 그는 너무 외롭고 무서운 나머지 용기를 내어 무리를 향해 걸어갔다. 그런데 이상하게도 아무도 그가 온 것에 대해 관심을 두지 않았다. 예전엔 같은 또래의 새들이 그만 보면 쫓아와 부리로 머리를 쪼아대거나 뒷발질로 모래를 끼얹어대곤 하였지만, 웬일인지 아무도 그에게 해코지를 하지 않았다. 그들은 오로지 무관심으로 일관했다.

하지만 그런 무관심은 자신이 그어놓은 영역을 침범하지 않았을 때뿐이었다. 만약 그가 그것을 어기기만 하면 가차 없는 응징이 가해졌을 것이다. 그것은 저들이 점찍어 놓은 암컷에게 접근할 때도 마찬가지였다. 그는 본능적으로 그 아스라한 경계선을 넘지 않았다. 매사에 조심해야 했다. 저들의 심기를 불편하게 하지 않기 위해 조심에 조심을 해야 했다. 저들에게 성가신 존재가 되어선 절대 안 되었다. 그래서 그는, '그만의 눈치보기'를 그가 터득한 삶의 방법 중에서 가장 훌륭한 것으로 삼았다. 당분간 아무 문제도 발생하지 않았다. 그는 참 잘 해내고 있었다.

또래의 새들은 사랑의 열병에 빠져있는 중이었다. 그러니 그의 출현에 대해 그 어떤 새도 관심을 둘 까닭이 없었다. 암컷들도 겁쟁이로 소문난 그를 일체 거들떠보지 않았다. 사실 그는 암컷들에게 구애를 하기 위해 무리로 나온 것이 아니었다. 단지 외롭고 무서웠기 때문이었다. 그러니 수컷들과 다툴 일도 없었고 암컷들에게 치근덕거릴 이유도 없었다.

'조심만 하면 된다. 조심만 하면 무리 속에서 아무 불편 없이 살아갈 수 있다. 저들은 짝을 찾아 사랑을 나누느라 내게 눈을 돌릴 겨를이 없다. 난 지금 자유롭다. 아무도 나를 겁쟁이라고 업신여기지 않으며 아무도 나를 짓궂게 괴롭히지 않는다.'

그의 생각은 과연 옳았다. 그는 자유로웠다. 다른 새들의 사랑을 방해하는 짓만 하지 않는다면, 그는 무리 속 그 어디나 자유롭게 쏘다닐 수 있었다. 그러니까 무리는 그에게 관심을 두지 않음으로써 자유의 공간을 그에게 허용해 준 셈이었다. 그래서 그는 무리가 자신을 얼마나 따뜻이 보호해주고 있는가에 대해 마음 깊이 고마워하기까지 했다. 그들은 그가 옆을 지나쳐도 거리낌 없이 사랑의 행위를 즐겼다. 그는 그런 행위에 대해 전혀 무관심한 척했다.

　그러던 어느 날부터 짝짓기를 마친 새들이 하얀 모래밭에다 하나둘씩 알을 낳기 시작했다. 해변은 곧 알의 천국으로 변했다. 알을 낳은 부부들은 행복에 겨워했다. 그런데 이들의 주의력과 신경이 갑자기 날카로워지기 시작했다. 자신의 영역에 대한 지킴도 확고해졌고, 나날이 경계가 더욱 삼엄해졌으며, 주위의 수상쩍은 행동에 대해 감시의 눈초리를 게을리 하지 않았다.

　그때부터였다. 또다시 그가 천덕꾸러기 신세로 전락하고 만 것은. 모두들 무관심했던 그에게 너무도 지극한 관심을 기울였다. 그러나 그 관심은 넉넉한 관용과는 거리가 멀었다. 알의 수호는 이들에게 부여된 지상최대의 본능적 행위였고, 이때까지 사랑을 나누느라 관심 밖이었던 그를 이제는 적대적 관계의 눈으로 바라보기 시작했다. 그는 알의 훼방꾼이자 경계의 대상으로써 비쳐지게 된 것이다. 그는 가는 곳마다 이리 채이고 저리 쪼이면서 비틀거렸다. 그가 누리던 아스라한 자유의 공간이나마 어느새 하나둘씩 차단되어 갔고, 그는 해변의 모래밭 변두리로 자꾸만 밀려나고 있었다.

　얼마 후 그는 해변에서 완전히 밀려나 혼자 우는 어두운 장소에까지 왔다. 그는 그곳에서 오랫동안 울었다. 그는 또 다시

'지상 위에 단 하나 남은 버림받은 새'가 되어 버린 것이다.

　노을이 지고 밤이 찾아들었다. 수평선으로 달이 떠올랐다. 그는 무작정 걸었다. 해변 쪽에서 좀 더 멀리 떨어져 있고 싶었다. 달빛이 비치는 해변은 아름다웠다. 그러나 그 달빛해변은 그를 버렸다. 그가 걷고 있는 곳은 부드럽게 반짝이는 모래밭이 아니었다. 울퉁불퉁한 검은 자갈밭이었다. 오랜 세월 파도에 씻긴 자갈은 매끄러웠다. 그는 몇 번이고 발을 헛디뎌 비틀거렸다.

　하지만 그는 걷고 또 걸었다. 그는 어느덧 해변에서 멀리 떨어진 금지구역의 경계선까지 와있음을 깨달았다. 새들은 그들이 금 그어 놓은 경계선 밖으로 더 이상 나아갈 수 없게 되어있었다. 그것이 그들의 법이었다. 생명의 안전과 평화를 위하여 제정된 그 법은 수천 년 동안 단 한 번도 고쳐진 적이 없었다. 실로 완벽한 법이었다. 단 한 번도 그 법을 어긴 새가 없었다. 당연했다. 이미 새들은 미지에 대한 동경이라든가 새로운 무엇에 대한 호기심을 꺾은 지 이미 오래였으니까.

　그들은 오로지 그들의 해변에서 아무 부족함 없이 살아왔다. 날 수 없는 한계와 수치감 때문에 그들은 낯선 새들과 낯선 환경을 두려워했다. 그들은 그들이 정한 테두리 안에서 평화롭게 살기를 원했다. 그들이 믿는 것은 저 검은 폭풍을 불러왔던 위대한 수호새의 가호뿐이었다. 그들이 금 그어 놓은 세계는 어느 누구도 침범할 수 없는 세계라고 저마다 믿었고 또 믿고 싶어 했다.

단 한 번의 절망적 외침으로 검은 폭풍우를 불러와 독수리를 물리친 위대한 새의 자손이 바로 그들 아닌가. 그 자부심은 하늘을 나는 어떤 새들보다 강했고, 어느 땐 오만스럽기까지 했다. 그래서 그들의 영역은 신성불가침한 곳이 되었고, 그들이 그어놓은 금은 함부로 넘어가서도, 또 허락 없이 함부로 넘어들어 와서도 안 되는 절대 단절의 선이 되었다. 그 금지선을 함부로 넘어 들어와 방자한 태도를 보인 독수리가 하루아침에 시체가 된 것을 보면, 그 금지선의 마력이 어떠한지를 금세 알 수 있는 것 아니겠느냐면서 그들은 목에 잔뜩 힘을 주어 서로에게 말하곤 했다.

그러나 그는 그 금지선을 넘었다. 아무 거리낌 없이! 정말 놀라운 일이었다. 그것은 해변으론 다시는 돌아가지 않겠다는 무언의 선언이나 다름없었다.

그는 결심했다. 날지도 못하는 새. 그렇다고 빠른 발도 지니지 못한 새. 게다가 모든 동료들에게 겁쟁이이며 얼뜨기라고 놀림을 받는 새. 이젠 알품기의 훼방꾼 신세가 되어 해변에서 또 다시 밀려나다니… 이제 더 이상 무슨 삶의 의욕을 가질 수 있단 말인가.

떠나자. 무리들로부터 아주 멀리. 그러나 날지를 못하니 수평선 저 너머로 날아갈 순 없는 일. 단지 그가 할 수 있는 일이란 무리와 정반대 쪽으로 걸어가는 것뿐. 그는 금지선을 넘어 무작정 걷기 시작했다. 푸른 달빛을 밟고 떠나는 길은 막막했다. 이런 밤길을 혼자서 걷는다는 것은 예전엔 상상도 못할 일이었다. 비록 무리와 떨어져 홀로 살았던 그였지만 그래도 언제나 해변 안쪽이었다.

그런데 이제, 아무도 금지선 밖을 나가본 적 없는 미지의 밤 세계를 그는 홀로 걸어가고 있는 것이었다. 그는 전혀 두렵지가 않았다. 그랬다. 그는 마침내 죽을 심산이었다. 죽기로 각오한 바에 무슨 두려움이 있을 리 있겠는가.

그는 사자울음절벽을 향해 가고 있었다. 사자울음절벽은 해변에서 오른쪽으로 12킬로미터쯤 되는 곳에 있었다. 그는 동료새들과 함께 바다로 나가 음산하게 우뚝 서있는 사자울음절벽을 멀찍이서 바라본 적이 있었다. 만灣처럼 안으로 굽어 휘어진 절벽 밑은 울퉁불퉁한 검은 바위들이 솟아있었고, 그 위로 쉴 새 없이 거친 파도가 밀려들어 절벽을 때렸다. 때리고 휘감고 치솟고 부서지면서 파도는 으르렁거렸다.

그 절벽 안쪽에서 사자의 울음이 들려오고 있었다. 그 울음에 파도의 물보라가 거칠게 뿜어져 올라왔다. 마치 날카롭게 곤두선 사자의 이빨들이 희디흰 독액을 뿜어 올리면서 솟아오르는 것만 같았다. 단숨에 모든 것을 물어뜯을 듯이 고함을 내지르는 그 굉음은 하늘을 집어삼킬 듯 사나웠고, 새들은 그 서슬에 날개를 잔뜩 움츠린 채 부르르 몸을 떨곤 했다. 바람 부는 날이거나 바람 한 점 없는 날이거나 그 사자울음절벽은 언제나 우렁찬 사자후를 토해내고 있었다.

옛날, 폭풍을 불렀다는 수호새가 사자울음절벽에서 떨어진 뒤론 그곳을 가본 새는 아무도 없었다. 새들은 그 절벽을 수호새의 영혼이 깃들은 절벽이라 하여 신성시했다. 새들은 수호새의 영혼이 그곳에서 사자의 울음을 빌려 히얀섬을 침입하는 악령들을 막아준다고 믿고 있었다. 그래서 '사자울음절벽' 앞에다 '수호새'를 붙여, '수호새를삼킨사자울음절벽'이라는 어쩐지 좀 어색하게 느껴지는 긴 이름이 생겨나기도 했다.

그는 경사진 비탈을 엎드리듯이 기어 올라갔다. 기우뚱거리는 몸을 가누기 위해 양 날개를 펴고서 몸을 앞으로 잔뜩 수그린 채, 한 발 한 발 무겁게 발을 떼어놓았다. 너무 힘이 들었다. 그냥 그 자리에 주저앉고도 싶었다. 그러나 그는 한 번도 쉬지 않았다. 죽음으로 가는 그의 발걸음은 그리스도가 십자가를 메고서 골고다 언덕으로 오르는 것처럼 암담하고 절망적인 비틀거림이었다.

점점 사자의 울음이 가까워지고 있었다. 날개깃털은 덤불과 땅을 스쳐 더러워질 대로 더러워져 있었다. 왼쪽 물갈퀴가 찢어져 너덜거렸다. 그곳에서 피가 흘러나왔지만 언제부턴가 그 피도 더 이상 흐르지 않게 되었다.

한 번 훌쩍 날아올라 2~3분이면 닿을 수 있는 곳. 그곳을 그는 벌써 2시간 이상을 비척거리며 기어오르고 있었다. 날지 못하는 비참함을 그보다 더 뼈저리게 실감한 적이 없었다. 그는 정말 비참한 새였다. 그런데 이상했다. 몸은 야위고 지쳐서 죽을 지경에까지 이르렀건만, 정신은 겨울 달빛처럼 점점 더 맑아진다는 사실이었다. 죽음에 임박했을 때는 정신이 맑아진 다는 말이 정말 틀린 말이 아닌 모양 같았다.

'영혼이, 이제 나를 떠날 준비를 하고 있는 걸까.'

그는 마음속으로 그렇게 중얼거렸다. 사자의 포효소리가 더욱 우렁차게 들려오고 있었다. 언덕 마루까지 거의 다 올라온 듯싶었다. 해송들 사이로 달빛 비친 밤바다가 긴 구름띠처럼 걸려있었다. 이윽고 사자머리 언덕까지 다다랐다. 사자머리라고 부르는 이유는, 절벽의 형태가 마치 사자가 입을 크게 벌리고서 바다를 향해 거칠게 포효하고 있는 모습과 닮았다 하여 붙여진 이름이었다.

그는 사자머리 코끝에서 밤바다를 바라보고 섰다. 소금기 먹은 밤바람이 바다에서 쉴 새 없이 불어왔다. 동굴 같은 사자의 입안으로 연신 파도가 숨가쁠 정도로 밀려들었다. 그는 2시간 내내 언덕을 기어오르느라 두 발로 몸을 지탱할 수 없을 정도로 몹시 지쳐있었다. 달빛에 흠뻑 젖은 그림자가 한 번 부르르 몸을 떨자 그의 영혼도 잠시 동안 파문을 지으며 흔들렸다. 그리고 얼마 후 곧 호수처럼 평온을 되찾았다. 마음은 한없이 고요했다. 아무 두려움도 없었다. 이제 곧바로 저 으르렁거리는 까마득한 절벽 아래로 몸을 던지기만 하면 되는 것이었다. 그러면 사자의 벌린 입이 모든 것을 다 해결해 줄 터였다. 그리고 이튿날이면 그는 겁쟁이이며 얼뜨기란 말을 다시는 듣지 않게 될 것이었다.

문득 그는 저 아득한 옛날의 수호새를 떠올렸다. 그가 이 절벽에서 떨어진 이유는 하얀섬의 영원한 수호자가 되기 위해서라고 했다. 그러면 자신은 뭐란 말인가. 수호새의 죽음은 값싼 자살이 아니다. 그에겐 뚜렷한 명분이 있었다. 죽음에 따른 고귀한 희생의 값어치가 있었다(이것은 그의 죽음을 미화한 새들의 주장이지만). 그런데 자신은 한낱 다른 새들의 업신여김과 조롱을 견디지 못하여 자살하려 하는 것이다.

'왜, 나는… 허약하기만 한 새로 태어났는가. 왜 나는….'

그때부터 '왜, 나는?' 이란 의문이 끊임없이 영혼의 밑바닥에서부터 솟아올랐고, 그것이 그를 조롱하고 괴롭히기 시작했다.

왜, 나는 용기가 없는가. 왜, 나는 겁쟁이이며 놀라기를 잘 하는가. 왜, 왜, 나는 울기를 잘 하는가. 왜, 나는 남의 눈치만

보면서 주눅이 들어야 하는가. 왜, 왜, 왜, 나는… 움츠리고, 매 맞고, 모욕당하고, 천덕꾸러기로서 살아야만 하는가. 왜, 나는 그래야만 하는가. 다른 방법이, 달리 어찌 할 방법이 없는가. 정말 다른 방법이 없는 것인가. 자살 이외에 다른 할 일은 정말 없는 것인가. 수호새의 자살은 고귀한 값어치가 있었다. 그렇다면 나는 무언가. 단순히 저 노도怒濤의 절벽 밑으로 몸을 던지면 그뿐인 삶인가. 왜 나는 여기에 있는가.

하얀섬의 수호새가 되기 위해서? 우습다. 수호새처럼 이 절벽에 몸을 던졌다 해서 해변의 새들이 나의 죽음을 살신성인으로 인정해줄 것인가. 당연히 저들은 목을 쳐들고서 폭풍처럼 웃어댈 것이다. 그래서 나는 죽어서도 저들의 오랜 희극적 농담의 소재로 남게 될 것이다. 아, 이 헛되고 헛된 죽음이여.

아니다. 다시 돌아갈까, 돌아가? 돌아가서 해변의 변두리 한 곳에 조용히 앉아 시치미를 뚝 떼고서 아침까지 잠이 들까? 그리고 저들의 경멸과 조롱을 견디며 살아갈까? 그렇다면 역시 나는 겁쟁이고 아무짝에도 쓸모 없는 새로서 다시 환원되는 것이 아닌가. 죽음이 두려워 다시 돌아온 새. 금지선을 넘은 사실을 평생 동안 숨기며 살지 않으면 안 되는 새.

난 누구인가. 겁쟁이? 바보? 얼간이? 깜짝이? 울보?

이것이 나인가. 아니다. 그것이 내가 아님을 해변의 새들에게 나는 떳떳이 보여주어야 한다. 나는 너희들의 노리개가 아님을,

너희들의 조롱감이 아님을 똑똑히 보여 주어야 한다. 나는 어느 누구도 하지 못한, 오직 수호새만이 이 절벽에 떨어진 바로 그 자리에서 나는 저 바다를 향해 뛰어내리고자 하는 것이다.

그때 그의 머리를 퍼뜩 스치고 지나가는 의문이 있었다. 그 의문에 어떤 반역의 미소가 흘렀다.

'가만! 내가 뛰어내린다고? 내가? 나는 엄연히, 새가 아닌가? 비록 날진 못하더라도, 나는… 새가 아닌가? 날개 없는 짐승도 아닌데, 그냥 절벽 밑으로 뛰어내린다?'

먼 옛날 조상들은 이 바다와 이 하얀섬 위를 자유롭게 날아다녔다. 그런데 어느 때부턴가 날지 못했다. 그리고 제 자신은 날지도 못하면서 달린다는 것을 몹시도 경멸했다. 오직 먹는 일에만 신경을 썼다. 먹고 먹고 또 먹었다. 어느 물고기가 맛있느니, 어느 물고기는 맛이 없느니, 어느 조개류는 죽여준다느니, 입방아를 찧어가면서 연방 먹고 자고 또 먹고 잤다. 자고 나면 눈 똥의 양만큼 살이 불어나 있었다. 당연했다. 그러니 날 수 없을 건 당연한 일이었다.

한 번 독하게 마음먹고 굶기로 작정한 조상새가 있긴 했다. 그는 정말 그 일을 스스로 해냈다. 그러나 그는 굶기만 했다. 아무 일도 하지 않고 굶기만 했다. 그래서 그는 결국 굶어서 죽었다. 비록 실패하긴 했지만 그의 시도는 의미가 있는 것이었다. 오히려 그의 죽음은 수호새의 의문의 죽음보다 더 값진 것인지도 모른다. 수호새는 자신의 죽음에 대해 단 한마디도 없었다. 그는 아무도 몰래 외롭게 절벽에 떨어져 죽었다.

그러나 굶어죽은 새는 분명 의도된 목적이 있었다. 모두들 그의 행위를 인정했다. 모두들 그의 말, 그의 갈망에 대해 수긍했고, 자신들도 그렇게 되기를 은근히 바랐다. 그리하여 날고자 하는 모두의 간절한 염원을 담아 그는 그 일(단식)을 실행했다.

하지만 실패였다. 목숨을 잃은 그 실패로 하여 그의 선구자적 행위는 일시에 무모한 짓이 되어 버렸다. 그러자 그를 적극적으로 옹호했던 새들마저 갑자기 태도를 바꾸어 그의 행위를 비난하며 그의 죽음을 비하했다.

그것 봐라! 안 되지? 그건 만용일 뿐이었어, 라고 코웃음치거나, 꼴에! 내 그럴 줄 알았다니까, 라는 빈정거림 중 어느 하나를 택하여 머리를 흔들었다. 왜냐하면 실의와 좌절의 상처는 죽은 그 새보다 살아남은 새들에게 더 깊었을 테니까.

그리하여 우린 더 이상 별 수 없지 않는가, 라는 뿌리 깊은 고정관념으로 다시금 되돌아온 그들은, 오히려 더 맹렬히, 그 무모한 새의 행위를 비난함으로써 자신들의 무력함과 절망감을 희석하려고 애썼다. 이후 그들은 정말 별 수 없이, 오직 먹는 일에만 더욱 탐닉했다.

그러나 비록 그의 행위가 실패하기는 했을망정 날 수 있다는 신념에 불씨가 된 것만은 틀림없었다. 만약 그 행위가 도화선이 되어 제삼 제사의 행위로 번졌더라면, 비록 날 수는 없었다 하더라도 해변의 사회는 지금 이보다는 좀 더 나은 세상, 지금 이보다는 훨씬 자유로운 세상을 맞이했을는지도 모른다.

그럼에도 그의 행위는 만용이란 이름하에 외면당했고, 조롱을 받았다. 왜인가. 왜 해변의 새들은 그 기회를 놓쳐버리고 말았는가. 왜 그들은 앉은뱅이새로 주저앉아 하늘 보기를 부끄러워할 뿐인가.

그 의문은 새로운 것은 아니었지만 오랫동안 그를 생각에 잠기게 했다. 늘 품어오던, 그래서 어떤 계기가 왔을 때 문득 자연스럽게 떠올려질 수밖에 없는, '우린 정말 날 수 없는 새인가'라는 근원적인 의문이 그의 영혼을 오래도록 사로잡았다. 그리고 얼마쯤 시간이 흐른 뒤, 그는 뭔가를 결심한 듯 바다를 한참이나 뚫어지게 응시했다. 몸은 피로에 지쳤으나 정신은 호수처럼 맑았다. 그의 눈빛은 그때부터 겁쟁이의 눈빛이 아니었다.

'나는 죽으러 왔다! 그러니 난 지금 아무것도 두렵지 않다. 나를 겁쟁이라고? 나를 울보라고? 천만에! 나는 지금 저 까마득한 절벽 아래로 떨어져 죽기로 각오한 몸이다. 그러니 이왕 죽을 바엔… 그렇다! 아무도 해본 적 없는 실험을 한번 해보기로 하자. 그래. 모두들 경멸하는 짓거리를 한번 해보기로 하자. 떳떳하게 한번쯤 이런 시도를 해보았다는 '행위'를 모든 새들의 기억 속에 남겨두자. 저 달이 증인이 되어 줄 것이다. 저 달이 나의 행위를 저들에게 말해 줄 것이다. 그가 마침내 뛰었다고! 타조처럼 뛰었다고! 타조보다 더 빨리 절벽을 향해 달렸다고! 그는 아무 두려움 없이 저 까마득한 절벽 아래로 몸을 던졌다고!'

그때 그들은 무어라고 할 것인가. 바보! 멍청이, 라고 소리칠 것인가? 아니면 이때까지 지켜져 왔던(깨질 수도 없었고 누구도 감히 깰 엄두조차 내지 못했던) '우린 달리지 않는다'는 그 비겁한 허세의 불문율을 비로소 깨뜨려버린 그를, 그들은 어떤 저주의 부르짖음으로 토해낼 것인가.

그의 머릿속엔 해변 새들의 발광하는 모습이 뚜렷이 떠올랐다. 생각만 해도 절로 웃음이 솟아 나왔다. 그랬다. 그것은 폭발할 듯한 웃음으로 시작되었다. 그는 날개를 퍼덕이고, 발로 겅중겅중 뛰고, 고개를 한껏 뒤로 젖혀 웃고 또 웃었다. 그는 미친 듯이 웃었다. 그는 저 해변의 잠든 새들을 마음껏 조롱하고 싶었다. 아니 실제로 그는 마음속으로 그들을 실컷 조롱하고 있었다. 마음 같아선 이대로 즉시 해변으로 달려가 타조처럼 신나게 해변을 달리며 그들을 깜짝 놀래키고 싶었다. 하지만 당장 그렇게 하지 못하는 것이 못내 아쉬울 따름이었다. 다시금 걸어서 되돌아가기엔 그는 이미 너무 지쳐있었다.

이윽고 그는 웃음을 멈추고 결심이 선 듯 눈빛을 빛냈다. 그리고 절벽 끝에서 멀찍이 뒤로 물러났다. 약간 경사진 언덕으로 되어있는 꽤 널따란 풀밭은 물갈퀴 달린 그의 찢어진 발을 부드럽게 감싸주었다. 그는 기분이 매우 흡족했다.

그는 비탈진 언덕에서 바다를 내다보았다. 달빛 푸른 바다였다. 바다! 저 바다가 바로, 그가 영원히 잠들 바다였다. 한동안 그는 바다를 망연히 바라보았다. 바다는 그에게 아무 말도 하지 않았다. 다만 으르렁거리는 사자 울음만이 그를 심하게 재촉하고 있을 뿐이었다. 그래 먹혀 주마. 아주 기꺼이!

그는 마침내 달렸다! 처음엔 천천히, 그러다가 그는 날개를 활짝 편 채 있는 힘껏! 죽을힘을 다해 달려갔다. 이 우스꽝스럽고 엄청난 반란행위는 가장 옹졸하고 겁 많은 울보의 의지에 의해 최초로 시도되고 있었다. 아무도 엄두를 내지 못한, 아무도 감히 도전해 볼 수 없었던, '달려선 안 된다! 우린 달리지 않는다'는 깨뜨릴 수 없는 불문율을, 한 겁쟁이 울보새가 드디어 파괴하는 순간이었다.

비록 우스꽝스런 몸짓으로 엎어질 듯 쓰러질 듯 비척이면서 달려가긴 했지만, 그 몸짓은 자못 엄숙한 비장미가 흐르고 있었다. 그 흔들리는 외로운 질주는 누구도 흉내 낼 수 없는 그만의 독특한 선율이었다. 그것은 푸른 달빛에 젖어 흐느끼는 광대 같은 선율이었다. 또한 아주 단순할 정도의 풋내 나는 죽음의 선율이었다. 허망한 날갯짓의… 그러나 오래고 오랜 기다림과 바람을 지닌 선율이었다.

그러나 그 선율은 영원하지 않았다. 절벽 끝에서 마침내 스타카토로 끊어져 버린 그의 질주! 그 허전함의 기점에서 그는 영락없이 추락하기로 되어있었다. 그것으로 흐르는 선율은 끊어져야 마땅했다. 짜여진 각본대로라면, 사자는 아주 오랜만에 한 새를 꿀꺽 맛있게 삼켜버린 다음, 요란한 트림을 해대기로 되어있었다. 꺼억! 끄윽! 처얼썩!

그러나 그는 각본대로 추락하지 않았다. 놀랍게도! 아아! 이런, 그는 솟아오르고 있었다. 활짝 편 날개에선 전혀 아무 무게도 느낄 수가 없었다. 수천 년 동안 잠들어 있던 깃털들이 이제 방금 마악 눈을 뜨고 깨어나서 하늘거리는 듯싶었다.

그는 무중력의 허공을 날고 있었다. 활짝 편 날개 밑으로 쉴 새 없이 바람이 흘러들었다. 마치 깃털들 사이사이로 바람의 알갱이들이 스며들어와, 공기방울처럼 터지고 터지면서 그를 가볍게 떠올려 주고 있는 느낌이었다. 그는 자연스럽게 바람에게 자신을 내맡겼다. 아무 짓도 하지 않았다. 날개를 편 그대로, 그는 자유로이 허공의 몸이 되도록 자신을 무심한 상태로 내버려두었다. 이때까지 아무 기능도 하지 못했던 그의 날개, 그 날개가 바닷바람에 깃털을 마구 부벼대면서 부르릉거리고 있었다. 날개는 완벽했다. 그 자신도 믿기지 않을 만큼 완벽했다.

그는 분명 바람의 새였다! 바람을 안고, 바람을 타고, 바람을 어루만지며 떠오르는 위대한 창공의 새였다! 달빛도 별빛도 모두 눈을 휘둥그레 뜬 채 놀라워하는 듯했다. 부신 날개, 이토록 부신 날개를 본 적이 없다는 듯이.

그는 수평선을 향하여 부리를 쳐들었다. 그의 푸른 그림자도 날개를 활짝 편 채 반짝이는 달빛 수면을 빠르게 쓸면서 수평선 저쪽을 향해 미끄러져 가고 있었다. 모든 것이 순식간에 일어난 변화였다. 절벽 끝을 벗어나기 전에는 감히 상상조차 하지 못했던, 실로 경악을 금치 못할 변화였다!

그는 자신이 꿈을 꾸고 있는 것인지도 모른다고 생각했다. 마치 자신이 푸른 달빛을 뿌리며 날아가는 마법의 새처럼 느껴졌다. 아득했다. 차라리 눈을 감아버릴까도 생각했다. 하지만 눈을 감을 수가 없었다. 그는 자신의 자유를, 자신의 이 빛나는 자유를 눈을 감아버림으로써 놓치고 싶지가 않았다.

그때였다. 그는 저 멀리서 그를 부르는 듯한 외침소리를 들었다. 들어보니 사자의 울음소리였다. 그러나 그 소리는 어쩐지 우렁차지가 않았다. 왠지 힘이 없어 보였고, 멀었고, 희미했고, 꿈결 같았다.

어이, 이봐! 돌아와! 약속이 틀리잖아! 너는 날지 못하는 새란 말야! 알아들어?

거의 기어 들어가는 듯한 멀고도 아득한 소리였다. 그는 그 아득한 소리를 멀리 한 채 수평선 저 너머로 가뭇없이 사라져 갔다. 이제 그 바다에 남은 것이란 오래도록 쓸쓸한 달빛 풍경뿐이었다.

5

"아아!"

"우리 중에!"

"나는 새가 있다니?"

"도저히!"

"도저히!"

"믿을 수가 없다!"

"그것도!"

"겁쟁이 울보라니!"

그랬다. 경악의 폭풍이었다. 그들은 도저히 믿을 수가 없었다. 도대체 이런 일이 어찌 일어날 수 있다는 것인지. 해변의 새들은 자신들이 꿈을 꾸고 있는지도 모른다며, 곁에 있는 동료의 이름을 서로서로 부르며 "너 맞아?", "정말 너야?" 하고 묻고 또 물었다. 그러다가 서로의 머리를 세차게 쪼아보기도 했다. 그러나 틀림없는 현실이었다. 그들 앞에 서있는 새. 이 아침 수평선 위로 불쑥 떠올라 날아온 새는, 분명 자신들이 겁쟁이라고 놀리던 바로 그 새였다.

그는 침착하게 그를 에워싼 해변의 새들에게 말했다. 너희들이 보고 있는 바 그대로 자신은 겁쟁이가 맞다고. 자신은 지난 밤 저 사자 바위 위에서 떨어졌노라고. 그리고 밤새껏 바다 위를 날아다녔노라고. 그는 아주 나직한 소리로 그렇게 말했다. 그는 몹시 지쳐 보였다. 하지만 눈은 맑고 깊었다. 그는 해변의 새들을 찬찬히 둘러보았다. 그리고 거의 들릴락말락 꺼져가는 목소리로 다시 한번 힘주어 말했다.

"나… 난… 날았어!"

비록 낮은 소리였지만 해변의 새들은 모두 그의 소리를 들었다.

"……?"

"난 날았단 말야."

"……!"

"너희들이… 날… 겁쟁이라고 놀렸지? 그렇지?"

해변의 새들은 그의 눈빛과 마주치는 걸 두려워하여 머리를 돌려 그를 외면했다.

"겁쟁이는 바로 너희들이야."

"……."

"너희들은… 날아볼 생각조차 하지 않았어. 최소한…."

그는 힘겹게 숨을 몰아쉰 다음, 말을 이었다.

"최소한… 최소한이라도 말야. 날진 못하더라도… 뛴다는 생각은… 해봤어야지. 뛴다는 게… 뭐… 그리 자존심 상하는 일이라고. 달아나는 일이 뭐… 그리 창피한 일이라고. 날지도 못하면서… 괜히 자존심만 살아가지고…."

그의 끊어질 듯 이어지는 말은 모두의 가슴에 날카로운 가시가 되어 와 박혔다. 그의 눈꺼풀이 서서히 감기기 시작했다. 그는 무슨 말인가 해야 한다고 안간힘을 쓰고 있는 듯했다.

"날개를 펴고…."

"……."

"뛰는 거야."

"……."

그는 다리를 구부려 몸을 낮추었다. 마치 모래 속으로 스며드는 물처럼. 그는 자신이 잠이 드는 거라고 생각했다. 이제 그들은 자신을 겁쟁이라고 놀리지도 않을 것이며 괴롭히지도 않을 것이라는 것을 알고 있었다.

그는 이 해변의 당당한 새가 되어 잠들 수 있다는 것이 그 무엇보다 행복했다.

저녁편지11

여름이 갔다. 내 빈 호주머니에 가을이 와 바삭인다.

김민수 님의 사진첩《스마트폰 일상이 예술이 되다》를 펼친다.

가을은 허수아비처럼 고독하다. 가을은 멀게 물들여지고 가깝게 마르며 진다. 이제 가을 허수아비들이 온다. 나는 가을이면 죽는다. 그리하여 가을엔 길이 보인다. 철로에 깔린 먼 기적汽笛을 밟으며 나는 가을 메아리를 부른다. 허수아비처럼 강처럼 부른다.

가을날 빈 들녘에 나가
십일월 바람만 맞고 있는 허수아비 보고 돌아온 날에는
괜스레 하늘 미워 돌팔매질하고
돌아온 날에는

하늘이 자꾸자꾸 금이 가서 깨어졌습니다

그 속엔 내 모습 찢긴 허수아비로 남아

역시 십일월 매운바람에 나부꼈습니다

- 〈허수아비〉

수요일의 해운대 일지

오후 1시 30분경: 서울의 밤을 소주로 적시고 그 서울을 고이 뉘어놓은 채 KTX를 타고 부산으로 왔다. 이호준 여행작가를 따라 천진난만 이철경 시인도 동무해주었다. 해운대 갈매기 김혜경 '一品' 대표께서 마중을 나왔다. 경북횟집에서 광어회에 소주 두 잔을 했다. 해물매운탕 수제비가 특히 좋았다.

오후 3시경: 지금은 열차가 다니지 않는 남도해안철길을 따라 걸었다. 미포尾浦에서 청사포青沙浦까지 1시간. 흐린 날의 바다. 경계가 분명치 않은 수평선. 갈대와 등대. 철로 옆길의 아무도 살지 않는 집. 백합과 접시꽃. 터널의 낙서. 바람개비. 상추밭의 스프링클러. 잠시의 멈춤. 나무벤치의 고요한 시침時針들. 어두운 숲. 상념. 걸을 때마다 와글거리는 자갈들. 침목과

침목 사이의 공간. 철로의 끝없는 평행선. 흰 이빨의 파도. 해송 사이로 이는 소금기 먹은 바람. 떠돌이 개의 무심한 방뇨. 망초의 흔들림. 이미 화석이 되어버린 오랜 기적소리….

나는 그곳에 있었으나 그곳에 없었다. 내 영혼은 육체를 빠져나와 그 아득한 철길을 계속 걸었다.

오후 6시경: 이기대에서 본 오륙도. 외로운 섬. 담배 한 모금 맛있게 빨아올렸다. 한센병 환자들 터에 우뚝 선 아파트. 그들은 모두 어디로 갔을까.

오후 7시경: 부산 해운대에서 최고로 고급이고 유명한 한우식당 '一品'에서 생갈비살과 등심과 제비추리를 먹었다. 모든 재료가 이름값을 했다. 소고기 몇 점 집적대는 입맛의 소유자임에도 꽤 상당한 양을 먹었다. 술은 소주와 맥주 약간. 주인인 김혜경 님의 정성이 깃든 성찬이었다. 전수민 작가, 청춘지 대표, 박구미 님과 예쁜 따님, 소설 쓰는 박인자 님도 왔다. 고마운 선물도 받았다. 그러나 무엇보다 미소가 최상의 선물이었다.

밤 10시경: 해운대 노천카페에서 생맥주를 마시며 이런저런 얘기를 나누었다. 온통 젊은이들로 북적였고 노인은 나 혼자였다. 고독한 늙은 나무는 그렇게 오래 앉아있었다. 초고층 아파트 40층에 있는 게스트하우스로 가기 위해 엘리베이터를 탔다. 엘리베이터는 소리 없이 초고속으로 지상에서 천상으로 우리를 쏘아 올렸다. 나는 흰 구름을 베고 둥둥 떠다니며 푸근히 잠들었다.

어신漁神 엄재오

엄재오. 나는 그를 어신漁神이라 부른다. 그는 항상 이렇게 말한다.

"강이 저를 부릅니다."

밤 11시가 넘으면 그는 춘천에서 가까운 홍천강으로 간다. 그는 강심에 낚싯대를 드리워 놓고 조용히 물속을 유영한다. 그리고 자신의 자동차 터보로 가서 잠이 든다. 그가 깨어나는 시각은 4시경. 딱 3시간을 자고 일어나 새벽을 맞는다. 그리고 새벽 동이 트기까지 어느 깊은 강심으로 걸어 들어가 자신의 구릿빛 몸을 담근다. 곧 승천할 천년의 이무기와 무슨 비밀 이야기라도 나누려 하는 것일까. 아니면 그들만이 아는 대자연의 숨겨진 비밀사를 성스런 하늘에 고하려고 하는 것일까. 그렇게 그는 화신 송승호 화백이 그려낸 수천만 년 고요의 깊은 강에 홀로 잠겨있는 것이다. 그 홀로 동 터 오는 새벽을 맞으면서 무지와 욕망으로 깊이 잠든 세상을 고요히 흔들어 깨우는 것이다.

영월은 그의 고향이다. 그는 서강에서 나고 자랐다. 서강과 동강이 합수하는 지점에 청령포가 있고, 거기에서 어린 단종은 숙부 수양대군이 보낸 자객에 의해 목이 졸려 죽는다. 당시 영월 주민이었던 엄흥도는 야심한 밤에 몰래 청령포로 숨어들어가, 죽은 단종을 업고 강을 건넌다. 그리하여 죽은 단종은 아름답고 슬픈 전설을 엄흥도와 그의 자손에게 대대로 선물하게 된다.

그런 충신의 자손이 바로 엄재오다. 그도 한때 선생 노릇을 했었다. 미술교사였다. 키 크고 잘생긴 미술교사 엄재오는 자유롭고 싶었다. 그래서 하늘도 시샘한다는 안전빵 선생 노릇을 그만둔다. 노래도 부르고 장사도 하고 이리저리 부유하듯 떠돌았다. 그리고 정착한 곳이 춘천이다. 고등학교, 대학교를 모두 춘천에서 다녔던 그는 그때부터 이 세상 모든 강을 두루두루 주유하게 된다.

8월 5일 일요일. 그가 자신의 고향 서강으로 나를 모셨다. 모셨다는 말은 그의 말이다. 당연하다. 나는 그의 고등학교 때 선생이었으니까. 나는 그의 터보 자동차를 탔다. 에어컨도 없는 자동차는 시속 180킬로미터 이상으로 날았다. 아니 그렇게 느꼈다. 나는 하늘로 붕 떠가는 느낌이었다. 나는 손오공의 근두운을 타고 자유롭게 날아간 것이다. 3시간 이상 걸려야 하는 영월 서강에 단 40분 만에 사뿐히 도착했으니까 말이다. 그는 나를 위해 강의 얕은 곳에 차일을 치고 접이식 간이침대를 놓았다(그는 그의 집 터보 자동차에서 잔다).

"선생님, 이 수상가옥에서 잠시 쉬시고 계십시오."

38도를 넘는 뜨거운 여름이다. 그늘에서도 살이 익는 냄새가 날 지경이다. 그러함에도 그는 웃통을 벗고 팬티 하나만 달랑 입은 채 강으로 들어간다. 새파란 하늘에 뭉게구름이 빙산처럼 둥둥 떠있다. 숲에선 말매미도 더위에 지친 듯 '매에야암 매에야암' 심드렁하게 송아지하품들을 해대고 있다. 그 참에 이따금씩 바람이 불어와 건너편 백양나무 잎들을 수우우 뒤집는다. 그러면 무리 지은 은어 떼들이 갑자기 몰려들어 자지러지게 몸을 뒤채는 것이다. 마치 햇빛의 물방울들이 자욱이 튕겨져선 은빛 물보라를 일으키는 것만 같다.

모든 것은 아주 순식간에 일어났고 다양하게 진행되었다. 나는 아마 깜빡 잠이 들었나보다. 잠결에도 나는 선명하게 엄재오를 본다. 수면 위로 머리를 내밀었는가 여겨질 때면 나는 그가 오랜 시간 단 하나의 흔적도 남기지 않은 채 이 세상에서 사라져 버린 걸 느낀다. 저 하류 쪽에 몸을 드러냈구나 여겨지다가도 순식간에 그는 족대를 들고 상류의 여울 쪽 돌들을 뒤집고 있다. 그런가하면 어느 새 그는 견지낚시를 들고서 내 앞에 태연히 나타나 꺽지와 쏘가리를 낚고 있는 모습이 목격되기도 한다.

그의 물고기 채집방법은 실로 다양하고 독창적이다. 그는 강을 바라보기만 하면 저기 저곳엔 무슨 물고기가 서식하고 있겠구나 즉각적으로 간파해낸다. 거기에 따라 잡는 방법이 달라질 수밖에 없다. 투망, 족대, 어항, 해머, 견지낚시(그는 대낚을 하지 않는다), 작살총, 릴 그리고 맨손이다. 그는 맨손으로 조개와 다슬기를 잡으며, 장마 진 탁한 강기슭에선 아주 실한 붕어도 움켜잡는다. 릴을 가지고 민물장어를 잡고 한 팔 길이의 메기를 낚고 솥뚜껑 같은 자라를 끌어올린다. 그는 스스로 개발한 작살총을 들고 잠수하여 포식성 어류들을 간결하게 찍어 올린다.

나는 모든 걸 다 먹어보았다. 그는 도마에다 잡아온 물고기를 뉘여 놓고 각종 쏘가리 꺽지회를 뜨거나, 미꾸라지 퉁가리 메기 모래무지 매운탕을 끓이거나, 쫄깃한 민물조개볶음과 시원한 다슬기(골뱅이) 된장국을 끓여 내놓는다. 골뱅이를 파먹고 나면 이열치열로 국물을 마시는데 그게 그토록 시원할 수가 없다. 참매미들이 한바탕 내 안으로 날아 들어와 일제히 합창을 할 정도이다.

나는 쉴 새 없이 먹기만 했고 수상침대에 눕거나 앉거나 어신 엄재오가 하는 짓만 바라보았다. 그러다가 깜빡 잠이 들었다. 엄재오가 어신이 된 꿈을 오래 꾸었다.

우리 갑시다

제가 얼마나 T. S. 엘리엇을 좋아하는지 저 자신도 알 수 없습니다. 30년을 넘게 《엘리엇 시선집》인 삼중당 문고판을 고이 지니고 다녔습니다. 뉴욕 센트럴파크에도, 울릉도 저동항에도, 중국 심양의 그늘진 골목길에도, 목포 유달산 바윗길에도, 샘밭 먼 들판길에도 저는 이 시집을 늘 지니고 다니면서 한 줄 한 줄 읽었습니다. 처음엔 아무것도 몰랐습니다. 전혀 무슨 뜻인지 몰랐지만 그냥 좋았습니다. 그래서 읽고 또 읽었습니다. 석양 무렵 허름한 골목을 지날 때 저쪽 골목 끝 멀리 청동빛 바다가 내다보이곤 했습니다.

그러면 갑시다, 그대와 나,
지금 저녁은 마치 수술대 위에 에테르로 마취된 환자처럼

하늘을 배경으로 펼쳐져 있습니다

우리 갑시다, 거의 인적이 끊어진 거리와 거리를 통하여

값싼 일박여관에서 편안치 못한 밤이면 밤마다

중얼거리는 말소리 새어나오는 골목으로 해서

굴껍질과 톱밥이 흩어진 음식점들 사이로 빠져서 우리 갑시다

- T. S. 엘리엇 〈J. A. 프루프록연가〉

어디로 가는지도 모르게 저는 무작정 갔습니다. 때로는 골
목 후미진 곳에서 몸을 웅크리고 잔 적도 있었습니다. 한겨울
빈 역사驛舍에 놓인 식은 난로를 끌어안고 새벽을 맞이한 적
도 있었습니다. 제 젊음을 저는 그렇게 흘려보냈습니다. 엄마
가 보고플 땐 산골짜기로 들어가 소리쳐 엄마를 불렀습니다.
엄마… 엄마…. 메아리가 덩달아 친구 삼아 제 엄마를 불러주
었습니다. 좀 더 아련하고 좀 더 무겁고 좀 더 깊게요.

영화 〈포레스트 검프〉를 잊을 수 없습니다. 톰 행크스는 달
렸습니다. 지구 반 바퀴를 달렸습니다. "왜 달립니까" 하고 누
가 물었을 때 그는 왜 자신이 달릴 수밖에 없었는지를 몰랐습
니다. 그냥 달리는 겁니다. 이유는 모릅니다.

제 젊은 날이 그랬습니다. 저는 그냥 걸었고, 저에겐 엘리엇
시집 한 권이 있었고, 저는 그것으로 예순의 언덕을 넘었습니
다. 그뿐입니다. 성취된 것이란 아무것도 없습니다. 그러나 제

자신 실패한 인생이라고 느껴본 적도 없습니다.

해가 지듯이 사람도 집니다. 꽃처럼 집니다. 나뭇잎처럼 집니다. 그렇게 인생은 베토벤의 〈봇짐장수〉처럼 흐르고 흘러 마침내 안식의 날에 편히 몸을 쉬는 것입니다.

오늘 그대에게 엘리엇 시 한 구절을 드립니다.

굴 껍질과 톱밥이 흩어진 음식점들 사이로 빠져서 우리 갑시다

유랑극단 따라 열하까지

단둥에서 열하(승덕)까지의 긴 여정이 모두 끝났습니다. 어제 새벽 3시에 춘천에 왔습니다. 유랑극단은 압록강 배를 타고 위화도를 지나 북한 땅을 바라보았습니다.

책문柵門을 통과한 일행은 요양에서 하룻밤을 묵었습니다. 백탑白塔의 흰 그림자를 베고 누우니 잠이 오지 않았습니다. 백탑 중간쯤 소나무 한 그루가 비스듬히 서있었습니다. 반달이 그 솔 위에서 잠시 숨을 고르고 갔습니다. 저는 그 나무를 부처손이라 이름 붙였습니다. 300여 년 전 연암 박지원이 이소나무를 보았을지는 알 수 없습니다.

유랑극단 꿈동이는 3일 동안 심양에 머물러 인형극과 연극을 공연했습니다. 그리고 아침 일찍 서탑을 돌아 북진묘로 갔습니다. 황사가 구름처럼 몰려와 일행은 마스크를 해야 했습니다. 바람이 미루나무를 세차게 흔들며 '쓰이쓰이이' 곡성을 했습니다. 마을주민을 한 사람도 볼 수 없었습니다. 개 짖는 소리가 바람소리에 잘려 황급히 도망쳤습니다. 내몽골 초원이 가까이 있었습니다. 뽀얀 흙먼지에 해가 숨었고, 건물들이 유령이 되어 어질어질 흔들렸고, 마른 강줄기가 뿌옇게 지워졌습니다.

의무려산醫巫閭山에 힘들게 오르니 일행은 간 곳이 없고 화타華陀인지 연암인지 모를, 수염 허연 노인 한 분이 나타나 매실 같은 열매 한 알을 제 손에 쥐어주고 사라졌습니다. 약간 멍한 상태로 있다 청열매를 가방 깊숙이 넣고 다람쥐처럼 하산했습니다. 꿈이었을까요?

휘황히 불을 밝힌 금주錦州의 야시장에서 왕오징어를 찢어놓고 청도 생맥주를 마셨습니다. 생맥주에 물을 탔나? 맹물처럼 싱거웠습니다. 5월의 마지막 밤이 그렇게 깊어갔습니다.

6월 1일은 아동절(중국 어린이날)이어서 신해관은 사람들로 붐볐습니다. 만리장성 끝부분이 바다에 잠겨 파도에 씻기고 있었습니다. 바다는 황토빛이었고 문루에서 북소리가 울렸습니다. 산해관을 무사히 통과한 일행은 노룡현 백이숙제伯夷叔齊 마을을 들렀고, 들판 한가운데 나지막한 수양산首陽山이 얌전히 앉아 우리를 맞이했습니다. 백이숙제 책비冊碑가 있었고 흘어진 기와와 주춧돌로 보아 이곳이 절터임을 알았습니다. 마을 사람들은 친절했습니다. 뽕나무 오디를 내주어 맛있게 한 줌씩 먹었습니다. 산을 힘들게 올랐던 일행에게 왕씨 남매가 나타나 마을의 전설을 이야기해주었습니다. 포도밭이 끝없이 펼쳐져 있었습니다. 호두나무 가로수가 그늘을 만들어주었고 대추나무 꽃 향이 은은했습니다.

북경 한국국제학교에서 마지막 공연을 한 유랑극단은 도시 외곽에 머물러 북경오리고기를 안주 삼아 백주를 마셨습니다. 승덕 열하엔 비가 내렸고 일행은 비를 맞으며 경추봉磬錘峰으로 오르는 2인용 리프트를 탔습니다. 미국 만화 심슨가족 같기도 하고 머털도사가 수련했던 바위 같기도 했습니다.

이튿날 중국 최대 황실정원 승덕피서산장 호수에서 배를 타고 가 겨울에도 물이 얼지 않는다는 열하熱河에 손을 담갔습니다. 작은 포탈라 궁의 독한 향으로 머릿속이 어지러워 울렁였지만, 황금색 사원의 지붕을 나는 네 마리 용을 설레는 마음으로 바라보았습니다. 제비들이 빠르게 날았습니다. 300년 된 소나무가 성장을 멈춘 채 새파란 하늘을 이고 있었습니다. 하늘은 300년 전 연암 박지원의 하늘이었습니다.

제 영혼은 저 늙은 소나무로 우뚝 서서 오래오래 머물고 싶었습니다.

풍경을 노래하는 화가 백중기

백중기는 그림을 그릴 때 영월산 동강주 몇 잔을 마시고 가만히 영월 서강의 흐르는 강물소릴 듣는다. 바람일까. 어디서 오는 청색의 메시지일까. 산이 껴안은 무한한 울림에 그는 늘 곁에 놓여있는 애마와 같은 기타를 집어 현을 뜯는다. 그의 음조는 유장한 듯 멀고, 먼 듯 가까이, 영월의 강과 나무와 풀꽃과 들녘을 건넌다. 그리하여 마침내 피안의 푸른 별에 닿아지는, 스스로 닿아지고야 마는 원초의 노래. 그것이 바로 그의 화법畫法이다.

백중기는 화가인 동시에 음유시인이고 현세와 내세를 넘나드는 별의 보헤미안. 그는 화폭에 수많은 길을 내고 수많은 그 길로 하여 생의 굴곡과 애와 환을 붓으로 형상화하고자 한다. 그는 자신의 온 영혼을 화폭 속에다 청색의 색조로 풀어낸다.

피카소의 우울한 청색시대와는 다른, 남과 자람과 소멸의 노래가 그가 추구하고자 하는 모티브이다. 청색을 바탕으로 한 생과 소멸의 노래. 그것이 그의 자연관이요, 철학이요, 자신이 살아온 생의 역사인 것이다. 그는 바람의 귀를 가진 사람⋯. 영월에서 나서 영월 바깥을 벗어나 본 적 없는 그이다.

그가 그려낼 수 있는 건 '낡아져 가는 것들에 대한 경의.' 자연에서 나서 자연으로 소멸해가는 모든 물상들이 그의 소재이다. 일견 단순하면서도 질박한, 어떤 파격조차 드러내지 않는 순수 그 자체의 모습이 그의 진면목이다. 그렇다면 일체의 추상성을 배제한 그의 그림이 내재한 본질은 대체 무엇일까.

백중기의 그림은 크게 두 가지로 구분된다. 하나는 자연 그 자체이고, 하나는 그 안에 둥지를 튼 마을 풍경이 그것이다. 이것들은 따로 따로 떨어진 것이 아니라 함께 공존하는 상보적 관계이다.

도시 변두리의 마을이 아닌, 계곡과 계곡 속에 알을 품듯이 자리한 마을이다. 그 마을엔 천년을 스쳐 지나갔을 오랜 기차가 달린다. 눈보라를 뚫고 마을을 지나는 그림 〈기차는 떠나가네〉는 시간과 공간을 넘나드는 초월적 몽환을 보여준다. 마치 테오도라키스의 애절한 음조처럼 먼 산 너머 아련히 메아리를 남기는, 〈기차는 8시에 떠나네〉를 연상시킨다. 하여, 그의 그림은 시이고 동화이다.

하지만 그의 그림에서 사람을 발견하기란 쉽지 않다. 동네슈퍼와 장미다방과 정미소, 비탈길, 좁은 길들이 뻗어있는 높은 둔덕의 집들에선 사람의 흔적을 발견할 수 없다. 몇 개의 그림에서만 드물게 사람의 흔적이나 빨래를 넌 풍경을 볼 수 있지만, 그것도 아주 작게 축소되어있을 뿐이다. 그것이 백중기가 의도하든 의도하지 않든 백중기만이 품고 있는 사람살이인 것이다.

그러나 우리는 놀랍게도 그 적요의 풍경 속에서 자신이 살아온, 지나온 날들을 반추하게 된다. 단순히 풍경화로서만 그의 그림을 보고 있어서는 안 되는 이유이다. 집과 집 사이, 골목과 골목 사이, 비어있는 길과 길 사이, 자작나무와 나무 사이, 회화나무 그늘 안에 깃든 집들 사이, 청색 밤하늘의 은하수 사이, 그 사이 사이에서 우리는 그가 몰래 숨겨놓은 이야기의 여백을 읽게 된다.

동네슈퍼엔 어쩐지 삼양라면만 팔 것 같은, 기와 얹은 장미다방엔 오랜 화석이 된 늙은 다방마담이 적요의 바깥을 무연히 내다보고 있을 것만 같은, 흰 자작나무 숲엔 외뿔 달린 도깨비가 불쑥 튀어나올 것만 같은, 동네마을 집들에선 아이들 울음이 싸리꽃처럼 터져 나올 것만 같은, 그런저런 이야기가 옹기종기 숨어있을 것만 같다. 그리하여 그의 그림은 왠지 모르게 인간적인 따뜻함을 은연중 드러내게 된다.

없지만 있는 것이다. 비어있지만 채워져 있는 것이다. 소멸하지만 잉태하는 것이다. 낡아있지만 경이롭고 소중한 것이다.

그래서 백중기의 그림은 해석이 필요 없다. 그저 보면 된다. 그저 느끼면 된다. 그저 색채와 색채의 질감이 주는 노래를 들으면 된다. 우리가 늘 그 안에서 놀고, 그 안에서 호흡하고, 그 안에서 울고, 그 안에서 웃고, 그 안에서 꿈을 꾸기 때문이다. 다만 사라져 가는 것들에 대한 소멸의식으로 안타까워하기도 하지만, 이미 그것은 또 다른 세계로의 잉태를 의미하기도 한다. 자연은 있는 그대로의 모습을 보여주면서 늘 또 다른 의미의 생명과 변화를 내재하고 있기에.

사실 백중기는 다혈질이다. 그림이 주는 고요함과 별의 아름다움과 바다의 쓸쓸함과는 전혀 다른, 어떤 정치적 불의에도 분노해 마지않는 투사적 기질을 가진 화가이다. 그럼에도 그의 심성은 서정적이면서 비의적秘義的인 로맨티시즘을 동시에 지닌다. 그것이 그의 기질이요, 그의 매력이다.

그는 슬픔 속에서 꺾이지 않는 결기를, 들꽃들의 흔들림 속에서 민초들의 거센 함성을 듣고자 하는 작가이다. 과연 그의 그림에서 우리는 그것을 읽을 수 있을 것인가. 아직 그것에 대한 해답을 우리는 듣지 못한다. 다만 한 화가의 생이 걸어온,

또 걸어가야 할 본성이 어떤 변화를 가져올지는 어느 누구도 장담하지 못한다. 하지만 그가 자연에 대한 따뜻한 시선, 생명의 움틈과 소멸에 대한 끝없는 천착, 그러한 순수 질정質定의 작업을 중단하지 않고 계속할 것임은 자명한 일이다.

끝으로 백중기 작가의 메모를 소개함으로 그의 지평을 조금이나마 이해하는데 도움이 되고자 한다.

나만의 독특한 그림방식이 있으니… 허물어져 가는 집이나 아예 빈 집이나 사멸하여 곧 없어질 풍경들에 나는 무한한 애착을 가진다. 집, 나무, 언덕, 꽃, 바람, 별… 그것들의 슬픈 낭만.

나는 산을 그리는 화가가 되리라. 산은 계절 따라 다르고 아침저녁으로 다르고 내가 산을 대하는 태도에 따라 다르기 때문이다.

저녁편지12

《조선노비열전》을 읽었습니다. 1월 18일 함박눈 내리는 일산 시장 허름한 주막에서 저는 저자 이상각 선생으로부터 이 책을 받았습니다. 그때부터 저는 울산으로, 서울로, 오송으로, 대전으로, 청주로, 김천으로 무작정 튀었고 이름 모를 마을과 계곡과 들판을 마구 쏘다녔습니다. 저는 뭔가에 쫓기듯 메뚜기처럼 이리 튀고 저리 튀었습니다.

새파란 하늘이 늘 얼어있었습니다. 제가 만난 사람들은 모두 아름다웠고 친절했습니다. 저를 꼭꼭 잘도 숨겨주었습니다. 이윽고 저는 방랑의 지친 영혼을 이끌고 시골의 혼자 쓰는 방으로 돌아와 오래오래 누워있었습니다.

문득 제 눈길에 《조선노비열전》이 들어왔습니다. 저는 멀리 북쪽으로 떠나는 쇠오리 울음소릴 들었습니다. 인제 신남 소양호엔 이형기의 시 구절처럼 '가야할 때가 언제인지를 알고 가는' 철새들이 겨우내 날아오르고 날아내렸습니다.

저는 책을 읽다가 꿈을 꾸었습니다. 제 전생이 노비가 되어 한 여자와 줄행랑을 쳤습니다. 양반 아녀자는 저를 사랑했고 저도 그니를 죽도록 사랑했습니다. 추쇄도감에서 파견한 추노꾼들이 저희 뒤를 평생 쫓아다녔습니다. 그리고 새벽녘에 깨었습니다. 몸은 식은땀으로 흥건했습니다. 새벽에 다시 읽기 시작한 《조선노비열전》엔 제가 겪은 이야기가 정말 서럽게 담겨있었습니다.

조선의 노비는 사대부의 사유물이었습니다. 나라엔 공노비들이 궂은일을 도맡았습니다. 조선의 노비는 양반이 자유롭게 매질할 수도, 죽일 수도, 언제든 사고 팔 수도 있는, 그리하여 대대손손 물려줄 수도 있는 양반들의 사유재산이었습니다. 여노비가 얼굴 반반하면 가지고 놀면 그뿐입니다. 실코나면 버리면 또 그뿐이고요. 그럼에도 노비는 아무 불평조차 하지 못했습니다. 비루한 삶이 어쩌나 모질은지, 어쩌나 고통스러운지 태어난 아이를 버리거나 목을 졸라 죽이는 일도 있었습니다. 그 잘난 유교적 예와 법도는 오로지 양반 권세가들만 누릴 수 있는 예의요, 권리였습니다. 보수 한 푼 주지 않았습니다. 오히려 면천하는 대가로 노비에게 돈을 받아먹었습니다.

노비의 등을 밟고 말안장에 오르내리는 양반이 되고 싶은운 좋고, 영리하고, 꾀 많고, 얼굴 반반한 노비들은 500년 조선의 역사 중 아주 희귀하게 제도의 틈을 비집고 출세를 했습니다. 허나 늘 살얼음판을 걸어야 했습니다. 진골인 양반들은 이런 천출들을 늘 경멸하고 시기했습니다. 이 열전은 온갖 모멸을 이기고 행운을 거머쥔 노비들의 이야기입니다. 그 외 숱한 잡초들의 인생 이야기도 아프게 또박또박 별처럼 적혀있습니다.

아아, 지금도 그런 노비의 삶이 지속되고 있음을 모 항공사의 어느 공주님으로부터 우린 똑똑히 보아오고 있습니다. 그들은 언제나 갑입니다. 이대로 간다면 한국적 자본주의는 신분세습이 영원토록 이어질지도 모릅니다. 우린 노예로서 그들에게 또 다시 한 표의 박수를 치며 감격스럽게 울먹일지도 모릅니다. 아니 지금까지 그렇게 해오고 있습니다. 그게 노예근성입니다. 북한이 그렇고 남한이 그렇습니다. 벌써 공주님이 가엾다고 하는 사람들이 등장하기 시작합니다. 이 뿌리 깊은 노예근성을 근절하기 위해서는 저들에게 온몸으로 저항해야 합니다. 그건 마음의 혁명으로부터 와야 합니다.

이상각의 《조선노비열전》은 바로 우리 이야기입니다. 어부사시사를 지은 윤선도를 아시지요? 보길도로 귀양 가 호화누각을 짓고, 매일 뱃놀이를 즐기고, 강호의 아름다움을 음주가무로 노래하던 그 윤씨네 집안의 노비가 무려 700여 명이 넘었다 합니다. 권세가들은 수천의 노비를 마소 다루듯 했으니 그 따위야 소박함이요, 검소함이라 해야 맞는 말일까요? 이제 우린 노비DNA부터 지워야 합니다. 그건 마음으로부터의 혁명이어야 합니다. 우린 양반도 천민도 없는, 모두가 평등한 세상을 이루어야 합니다.

이 《조선노비열전》은 저희들 아버지, 어머니 그리고 할아버지, 할머니들의 한 맺힌 피의 기록입니다. 저와 우리 모두는 신노예로부터 면천해야 하고, 더 나아가 이따위 쓰레기 같은 세상을 뒤엎어야 합니다. 주인도 없고 노예도 없는 그런 세상에서 우리 모두는 자유와 행복을 누릴 권리가 있습니다.

다 읽고 나서 저는 이 책을 서가에 꽂아놓고 한 송이 순결한 노비의 꽃이 피어나길 기다립니다. 아니 수천수만의 꽃들이 피어나겠지요. 붉고 멍든 그 꽃송이가 제 가슴을 칩니다. 저는 목 메인 종소리로 울면서 행복하고 아름다운 세상을 꿈꿉니다.

느리게 오는 편지

copyright © 2015 최돈선

글 최돈선

1판 1쇄 발행 2015년 10월 12일
1판 3쇄 발행 2016년 10월 12일

발행인 신혜경
발행처 마음의숲

대표 권대웅
편집 송희영, 김보람
디자인 고광표
마케팅 노근수, 황환정

출판등록 2006년 8월 1일(105 - 91 - 03955)
주소 서울시 마포구 동교로 144 - 13(서교동 463 - 32, 2층)
전화 (02) 322 - 3164~5 | **팩스** (02) 322 - 3166
페이스북 facebook.com/maumsup
ISBN 978 - 89 - 92783 - 95 - 8 (03810)

마음의숲에서 단행본 원고를 기다립니다.
따뜻하고 생동감 넘치는 여러분의 글을 maumsup@naver.com으로 보내주세요.